星海社
FICTIONS

FGOミステリー
惑う鳴鳳荘の考察　鳴鳳荘殺人事件

円居挽

Illustration／山中虎鉄

星海社

キャスト紹介

ミゲル・アンヘル・コルテス
（演＝ジェームズ・モリアーティ）
ナダイ・ナーダ共和国の初代大統領《プレジデンテ》。

ガブリエラ・コルテス
（演＝紫式部）
ミゲルの妻。

アントニオ・ロベルト・ジョビン
（演＝アントニオ・サリエリ）
元宮廷音楽家。

エリス
（演＝ジャンヌ・ダルク・オルタ）
アントニオの姪。抜群の歌唱力の持ち主。

ローマ・クレイシ
（演＝坂本龍馬）
日系人の医師。元軍医。

バルガス
（演＝オジマンディアス）
滅亡したナダイ・ナーダ王国の王子。
正体を隠して鳴鳳荘に参列する。

ガルシア
（演＝アーラシュ）
バルガスの従者。
同じく正体を隠して鳴鳳荘に参列する。

サラザール
（演＝？・？・？・？）
ガブリエラの使用人。

イシドロ・ポジオリ
（演＝トリスタン）
歌手を自称するが、その正体は探偵。

アドリアナ・モリナリ
（演＝マシュ）
ポジオリの助手。

リュウ・タン
（演＝柳生但馬守宗矩）
ナダイ・ナーダ王国の将軍。

ダイゾー・オカ
（演＝岡田以蔵）
ナダイ・ナーダ王国軍、伝説の暗殺者。

The Meihousou murders

目次

君は読み始めた本の展開や結末が気に食わなかったことがないかな？　……うん、まああるよね。

万人受けする物語なんて絶対にない。多少面白く感じる物語でも、本気であら探しをすればどこかしら気に食わない点が見つかるものだ。

さて、今回は創作についての話だ。物語というのは完成しない限り、沢山の可能性を持つ。だが一方で物語を完成させるためには、必ずそれらから一つだけ選ばないといけない。ならば創作者は何をもってそれを選び、他の一切を剪定するのか……。

これはそんな物語だ。

プロローグ
『鳴鳳荘殺人事件』序

戦火に包まれた王宮のカット、そして流れるナレーション。

『カリブの小国、ナダイ・ナーダ王国。建国した初代王は全ての国民から愛される男だった。だが代を経るにつれ王室の求心力は下がっていった。失政続きで国は荒れ、民の心は王室から離れ始める。やがて民主化を願う者たちが現れ始めた。それこそが革命軍である。そんな状況にもかかわらず国王は耳を塞《ふさ》ぐように王宮に籠《こ》もり、贅沢三昧の生活を決して改めようとはしなかった。民の不満を吸い上げるかのように革命軍の力は日に日に増していき……。

そしてついにその日がやってきた』

王宮の一室。三人の男が互いに緊張感を漂《ただよ》わせて立っていた。

「……最早、大勢《たいせい》は決したか」

その中の一人、戦《いくさ》装束のリュウ・タン将軍は静かに吐き捨てた。

「よもや私が判断を誤るとはな」

だが将軍の傍らにいる、笠を目深に被《かぶ》った男はその言葉に反発する。

「なんでじゃあ。戦《いくさ》っちゅうんは全部斬り殺せばええんじゃろ。そいで最後に立っとれば、わしらの勝ちじゃ」

「うつけ者。盤面も読めんのか、ダイゾー」

しかしダイゾーと呼ばれた男は一喝されても怯《ひる》んだ気配を見せなかった。それどころか将軍に食ってかかる。

「ああ、わしは教えてくれる親もおらんきに。敵を斬り続けて、妹を食わさんといかんぜよ」

「所詮は将の器に非《あら》ず、か。どこにでも行くがいい」

失望したようにそう言う将軍に、ダイゾーは背を向ける。

「言われんでもこんなところ出ていったる。これであんたとも縁切れじゃ」

ダイゾーは勢い良く出て行った。そうした一連の様子をずっと黙って眺めていた壮年男性がようやく口を開く。

「さて、タン将軍……投降していただけませんかね。お互いこんな歳で、余計な怪我をしたくないでしょう？」

「コルテス、貴様にはしてやられた」

タン将軍は顔をしかめる。

「負け惜しみを言うつもりはない。だが貴様の軍が日和見《ひよりみ》を決め込んでいるのは解っていた。それでも反乱軍を牽制するカカシの役ぐらいは果たすと思っていた。であればこそ、貴様らが睨《にら》み合っている内に反乱軍を背後から討つつもりであったのだ」

コルテスと呼ばれた男はタン将軍の見立てを讃《たた》えるかのように軽く手を叩《たた》く。しかしその目は少しも笑っていなかった。

「流石《さすが》はタン将軍、その通りですよ。だからこそ、あなたの裏をかく必要があった」

「それが、まさか私の寝首を掻《か》きに来るとはな。貴様らの奇襲で我が軍は崩壊してしまった。だが、ここからどうするつもりだ？　まさか貴様の軍だけで反乱軍を抑えられるとでも？」

「そこだ。あなたは真面目すぎる。実は革命軍とはもう話がついているのですよ。王宮を制圧した暁には私が新政府の代表になります。彼らとて、無駄に血を流したいわけではないのでね」

「……外道が。そこまで腐っていたとはな」

タン将軍は忌々しげに吐き捨てる。

「悪く思わないで下さい、タン将軍。いえ、あなたが悪いと言うべきですかね」

再びナレーションが流れる。

『ミゲル・アンヘル・コルテス副将軍のクーデターが決定打となり、ナダイ・ナーダ王国は崩壊した。ほどなくしてナダイ・ナーダ共和国が誕生し、ミゲルが初代大統領の座についた。下がった国力はなかなか回復しなかったものの、民衆は凪《なぎ》のような平和を噛《か》み締めるように過ごしていた。

そして革命から十年……』

第一章

『鳴鳳荘殺人事件』

アントニオ・ロベルト・ジョビンは神経質にドアをノックした。

「エリス、まだか？」

ややあって、エリスはドレス姿で部屋から出てきた。その表情は少し不満そうだ。

「おじ様は本当にせっかちなんだから」

「我がせっかちなのではない。お前が遅いのだ」

エリスは廊下を見回して、ため息を吐《つ》く。

「それにしても……こんな地の果てみたいな場所にこれほど立派なお屋敷があるなんてね」

「元は王家の別荘の一つだ。その多くは解体されたか、民間に売却されたかしたが、ここはミゲルの私邸として残されたんだ」

アントニオはそう言いながら廊下の壁にある、嘴《くちばし》を開いた鳳凰《フェニックス》の紋章を撫でる。

「そのミゲルももう死んだじゃない」

「ああ、あの男が六十にもならずこの世を去るとは。まったく、解らないものだな」

アントニオは肩をすくめると、廊下の向こうを指差す。

「そら、未亡人に挨拶だ」

二人が大広間に入ると若い女性が出迎えた。彼女こそ鳴鳳荘《めいほうそう》の女主人、ガブリエラ・コルテスである。

「いらっしゃいませ、アントニオ様、エリス様」

ガブリエラの挨拶にアントニオは恭《うやうや》しく頭を下げる。

「ああ、お招きいただき光栄です」

だがエリスは腕組みしたまま、ガブリエラの顔をじっと眺めている。無作法にもほどがあるが、ガブリエラに気にした様子はない。

「これからは鳴鳳荘の新たな主人として皆様をおもてなししますので。じきに乾杯の時間ですので、その後にまた」

そう言うとガブリエラは二人の前から去って行った。その後ろ姿をエリスはどこか忌々しげな表情で追う。

「ふん。取り繕っちゃって。内心は小躍りしたいほどでしょうに。旦那が早々に死んだお陰で、あとは遺産で好き放題できるんだから。でもミゲルの養女時代から数えると十年一緒にいたことになるわけだから……人生の数割を捧げるほどではないわね。全然羨ましくない」

アントニオは渋い顔でエリスをたしなめる。

「エリス、口を慎みなさい」

「解ったわよ、おじ様。ところであの美丈夫は誰かしら？」

エリスの視線の先には白い軍服の男の姿があった。長い髪を後ろでまとめ、軍帽を被っている。男の姿をアントニオはつぶさに眺める。

「どこかで見た気がするな。いや、あの軍服は王国時代の……」

男の方もアントニオたちの視線に気がついたようで、まっすぐ二人の方にやってきて挨拶をした。

「もしかして宮廷音楽家のアントニオ・ロベルト・ジョビン先生ですか？」

「正確には元宮廷音楽家だが……君は？」

「ローマ・クレイシです。かつてはコルテス副将軍の部隊にいました」

「……ああ、道理で見覚えが」

そんな二人のやりとりをエリスは退屈そうに眺めていた。

「王宮で何度かお見かけしたことがあったもので。もっとも先生がこちらを憶《おぼ》えている筈もありませんが」

「しかし……他に部下らしき出席者はいないが。君はミゲル氏によほど気に入られていたと見える。我は政治には疎いのだが、もしや政府の高官か？」

「政治に疎いのは僕も同じでしてね。新政府ができる前に下野して、今は町医者をやってます。そもそも入隊したのも、家が貧乏だったからタダで医療を学びたかっただけのことでしたしね」

「ああ、軍医だったということか」

「それにしてはめかし込んでない？」

などと、エリスは無作法なことを言う。だがローマは気分を害した様子もなく、朗らかに笑って答える。

「ああ、当時の一張羅《いっちょうら》さ。奇跡的に虫に食われなかったんで、正装になるかなって。あれ、ところで君は？」

「……エリス、で解らない？」

愛想も何もあったものではない名乗りだ。しかしローマはそれでエリスの素性を完全に悟ったようだった。

「ああ、あの歌姫が君か！　最近じゃラジオから君の歌声が流れない日はない。診療所でもラジオをつけっぱなしにしてるよ。僕なんかより患者を癒《い》やしてくれるからね」

エリスは得意そうに胸を反らす。

「私の歌声におじ様の曲が合わされば、まあ当然よね」

「皮肉なもので、宮廷を出てからの方が音楽家としては成功している」

「世間が先生に追いついたということですよ」

「……そうかもしれんな」

「でもおじ様、一般市民に褒められても嬉しくないわよねえ？」

「やめないか」

アントニオはエリスをたしなめた。そしてローマに詫びる。

「いや、姪《めい》がとんだ御無礼を。いつまでも礼儀を学ばないせいで、いつ干されるか心配なのだよ」

「それにしても、よくあの虐殺を生き延びましたね。落城の日は非戦闘員でも容赦《ようしゃ》なく斬られましたからね」

「いや、それは……」

アントニオは言葉を濁《にご》す。その様子を見てとったローマはすぐにかぶりを振った。

「失礼。僕にしてもあれは忌まわしい記憶です。軽々しく踏み込むべき話題ではありませんでした。では、また後ほど」

ローマはそう言うと二人の前から去って行った。

エリスが改めて大広間を見回すと、訝《いぶか》しげにこう口にする。

「おじ様、広い割に全然人がいないわね。ここの人間、両手の指で数えられるわ」

「それは我も気になっていた」

「それと……ここにいるの、比較的若い男ばかりね。まあ、おじ様は若い男ではないけど」

アントニオはエリスの余計な一言に顔を顰《しか》めつつ、肯《うなず》く。

「言われてみればそうだな。場違いな人間ばかりだ」

アントニオは近くにいる一組の若い男たちを眺めながらそう言った。気のよさそうな男と気難しそうな男……二人ともよく日に焼けて健康的だが、礼服を身につけているわけでもない。

「聞こえたよ。作曲家の先生と歌姫なんだって？」

気のよさそうな方の男が話しかけてきた。

「そちらは？」

アントニオのその問いに何故か気難しそうな男が先に答えた。

「余《よ》は……いや、私はバルガスだ」

「俺はガルシア。バルガスの相棒だ。相棒共々、むさ苦しい格好ですまないな」

「ふむ……ところで故人との関係は？」

「無礼な。私がこの場に相応《ふさわ》しくないと言うのか？」

怒るバルガスをガルシアがなだめた。

「ほら、田舎者の野暮は笑われるぜ？　すまねえな。俺たち、普段は猟をして暮らしてるせいか、社交マナーってやつがよく解らなくてな」

エリスが驚いた表情を浮かべる。

「アンタたち、猟師なの？」

「おうさ。ミゲルさんがグルメだと聞きつけてね。獲ったもんを定期的に買ってくれたら助かるなって。それでようやく取引を始めるところだったんだが、その矢先にミゲルさんが亡くなっちまってさ。というわけで、あのガブリエラさんが次の取引相手さ。せいぜい営業するよ」

「……うむ。そういうことだ」

饒舌《じょうぜつ》なガルシアに比べると、どうにもバルガスは口下手のように見える。だがガルシアは笑顔でバルガスの肩を叩く。

「硬いなあ、相棒。普段はもっと気のいい奴なんだが、緊張してるらしい。酒が入って、色々とほぐれたところでまたお喋りしに来ますよ」

「うむ。またな」

ガルシアとバルガスは去って行った。その背中にアントニオもエリスも疑いの眼差《まなざ》しを向けていた。

「ガルシアはともかく、バルガスは名乗り慣れてなさそうだったわね」

「我がここに招かれるためにどれだけのツテを使ったことか。本来、あのような連中が招かれるような場ではない筈だが……」

「だったら、招待状を誰かから奪ったのかもしれないわね」

「バルガスとガルシア、単に招待状にそうあったから名乗っているだけかもしれんな。だが連中の目当てはなんだ？　やはり〝コルテスの遺産〟か？」

アントニオの問いにエリスは下世話な笑みを浮かべる。

「案外、ガブリエラ狙いかもしれないわよ。あんなお爺《じい》さんと結婚させられたんだもの。若い男と遊びたくなるのが人情じゃない？　二人とも日に焼けてとっても健康そうだし」

「……お前の物言いはあけすけ過ぎる。だから歌だけ歌っていればいいと言われるのだ」

「ところで、あそこの妙な二人組は？　別の意味で場違いな印象を受けるけど」

エリスが指差した先には竪琴《たてごと》を抱えた長髪の男とショートカットの少女がいた。

「彼らのことは我も気になっていた。声をかけてみよう」

「ええ、よく見ると男の方は美男よ」

アントニオは足早に二人に近づくと男の方に声をかける。

「失礼ですが、お名前を伺っても？」

「私ですか？　旅の音楽家、イシドロ・ポジオリと申します」

イシドロはそう答えると竪琴を爪弾く。

「我はアントニオ・ロベルト・ジョビン、作曲家だ」

「へえ、作曲家の先生でしたか」

「そっちのアンタは？」

見ているばかりで一向に名乗ろうとしない少女にエリスはそう尋ねた。少女は焦ったように慌てて答える。

「じょ、助手のアドリアナ・モリナリです。先生のお手伝いをしてます」

「ふーん……音楽家の見習いなのに楽器も持たせて貰ってないの？」

そう言ってエリスはアドリアナをじろじろと見回す。

「あっ、その、そうなんです。わたしったら全然、見込みがなくて、楽器なんてとても……」

そんなアドリアナを見て、イシドロは咳払《せきばら》いをする。

「アドリアナ、沈黙は金という言葉を学びなさい」

「は、はい！　失礼しました」

「エリス、お前も余計なことを言うんじゃあない」

「はーい」

エリスは心のこもらない返事をする。

「それではまた後ほど。我々はあの精悍《せいかん》な青年たちに挨拶をしてきます」

そう言ってイシドロたちはガルシアたちの方へ歩み去って行った。

「怪しいわねえ。私たちの名前を聞いてもピンと来てなかったみたい」

エリスはそう囁《ささや》く。アントニオも声を潜《ひそ》めてそれに応えた。

「音楽家というのは何かのカムフラージュかもしれんな」

「みんな一癖も二癖もありそうね」

「それを言うなら我らとて同じよ。くれぐれも目立つことをするでないぞ」

「ええ、おじ様……お互い、目的を果たすためにここまで来たんでしょ」

二人が他人には聞かせられない会話を交わしていると、胸に十字架をぶら下げた使用人が彼らの前を横切った。だがエリスは使用人の顔に何か引っかかりを覚えているようだった。

「あの使用人、どこかで見覚えがあるわね」

「あの男は先日の葬儀を仕切っていた神父だ」

「ああ、いい男だったから記憶に残ってたのね。でも神父様がなんで使用人の真似ごとを？」

そんなことを話していたら、その使用人が引き返してきた。

「おや、アントニオ様にエリス様、いかがされましたか？」

「いや、特には……」

アントニオは狼狽《ろうばい》していたが、エリスは物怖じすることもなく使用人にこう尋ねる。

「どうして神父様が使用人のような真似をしてるのかなっておじ様と話していたんだけど」

「エリス！」

エリスのあまりに直截な物言いにアントニオは声を挙げる。だが使用人は笑みを浮かべていた。

「ああ、当然の疑問でしょう。ただ、私はなんでもできるので……ここだけの話ですが、私は十年前に記憶喪失になりまして。行く当てがなかった私をミゲル様が拾って下さいました。以来、ミゲル様のお役に立つような技能を身につけていったのです」

「いや、だから神父は……」

エリスは納得いかない様子だが、使用人は意に介した様子はない。

「失礼だが、招待客はこれで全員なのか？　葬儀にはもっと沢山の人間が参列していたが……」

「ええ、これで全員おそろいです。アントニオ様、エリス様、ガルシア様、バルガス様、ローマ様、イシドロ様、アドリアナ様……。みな間違いなく、亡きミゲル様の招待を受けた方々です。招待状も拝見致しましたし」

「しかしミゲル氏本人がこの世にいないのだ。本人確認なんてしようがないのではないか？」

「そうそう。私たちみたいなセレブはともかく、特に流れ者の猟師と楽士は怪しいでしょう」

使用人は首を横に振った。

「お二人の御憂慮《ごゆうりょ》ももっともです。依然として私の記憶は回復しませんが、ミゲル様への感謝の念は一向に薄れません。なのでもしも慮外者がこの場にいたのなら、その時は私が対処致します」

「対処って……」

「なんでもできると申しましたでしょう？」

事も無げにそう言い放つ使用人に、エリスの表情は少し引きつっていた。

「すぐに乾杯用のワインをお持ちします。少々お待ちを」

使用人を見送り、エリスは腕組みする。

「あれがガブリエラの新しい愛人かしらね？　よく尽くしてくれそうじゃない」

しかしアントニオはエリスの言葉に応じず、ただ黙り込んでいた。そこに一通りの挨拶を終えたガブリエラがやってくる。

「アントニオさんにエリスさん、改めて、ようこそ鳴鳳荘へ」

「ご丁寧にどうも」

「……それしか言うことないの？」

エリスはガブリエラへの敵意を隠そうともしない。ガブリエラは戸惑いの表情を浮かべていたが、主人の窮地《きゅうち》を救うようにあの使用人が銀の盆を持って現れる。

銀の盆の上には三つのグラスが載っていた。

「どうぞ、グラスを。皆様で最後です」

「ありがとう、サラザール」

使用人……サラザールは表情を崩すことなく、まばたきの動きだけで応えた。

「お先にどうぞ」

レディファーストで譲ろうとしたアントニオにガブリエラはかぶりを振る。

「いえ、私はホスト側なので。残り物をいただきます」

「左様か。では。エリス、お前も取れ」

「……ふん」

答えをはぐらかされたエリスは不機嫌そうにグラスを掴む。アントニオとエリスがグラスを取ったのを見て、ガブリエラは最後の一つを取った。

「……グラスはもう行き渡ったようですね。それでは皆様、鳴鳳荘の滞在をお楽しみ下さい。乾杯！」

「乾杯！」

その瞬間、一同の声が揃う。そしてみな一様にグラスに口をつけた。

「では我が家だと思っておくつろぎ下さい」

グラスの中身を半分ほど飲んだガブリエラはそう言うとどこかに去ろうとしたが、その進路にエリスが立ちはだかった。

「ねえ、ガブリエラ。アンタ、今どんな気持ち？」

「はい？」

「大した生まれでもないのにあのジジィに青春を売り飛ばしただけでこんなに金持ちになれるんだから。貧乏で良かったわね」

エリスの悪罵《あくば》にガブリエラは哀しそうな表情を浮かべる。だが次の瞬間、ガブリエラはエリスに前傾姿勢でぶつかった。ガブリエラの持っていたグラスからは盛大にワインがこぼれ、エリスのドレスに大きな染みを作る。

「ちょっと！　ワインがかかったじゃない。どうしてくれるの？」

「大変、申し訳、ありま——」

ガブリエラは自らの不手際を詫びきらない内に倒れてしまった。思わぬ展開にエリスはひどく狼狽している。

「え、ちょっと、何よ……なんで倒れてるわけ？」

倒れたガブリエラにアドリアナが駆け寄り、抱き起こす。

「ガブリエラさん？　ちょっと、しっかりして下さい」

「魔力リソースはあるにこしたことはないけど……どうしたものでしょうか」

彷徨海《ほうこうかい》、ノウム・カルデアの管制室。シオン・エルトナム・ソカリスは一人でモニタを睨んでいた。

「異聞帯《ロストベルト》への突入が迫ったこのタイミングであまり人員を割きたくないんだけど……」

管制室のドアが開き、紫《むらさき》式部《しきぶ》が入ってくる。

「すみません。遅くなりまして……お待たせしてしまったでしょうか？」

恐縮する彼女をシオンは笑顔で迎えた。

「いえ、謝罪の必要はありません。今回は特に緊急事案でもありませんし」

もっとも、この案件にタイムリミットはあるのだが、このタイミングでそれを口にすれば式部を余計に恐縮させるだけだ。

「それよりも、折り入ってのお話とは一体どのような……」

「それがですねぇ。次の異聞帯への突入も間近のこの時期に、微小特異点が観測されました」

人類史全体から見れば、ごく僅《わず》かな染みのような特異点ではあるが。

「中を覗《のぞ》いてみたらとても奇妙な場所でして。強いて言えばカリブの海っぽい雰囲気なんだけど、それとはまた別に、狭い世界の中に色んなロケーションが詰め込まれているんです。城だの、屋敷だの、ジャングルだの節操なくね。おまけにどれも精巧な作り物」

「……映画の撮影には便利そうですね」

式部の何気ない相づちにシオンは思わず手を叩いてしまう。

「それです。そう、映画なのです」

「はい？」

「どうも、撮影される筈だった映画たちのイメージから生まれた特異点……といったモノでしょうか。推測ですが、どこぞの映画監督か脚本家の亡霊でも関わった結果じゃないでしょうか。無理矢理名前を付けるなら、漂流電影空間《ひょうりゅうでんえいくうかん》ハリウッド……みたいな？　ただ、あまりに長く放置されたせいか、あと三日ほどで消滅するようです。そういう意味では人類の脅威にはまったくなりえません」

基本的に特異点を修復せずに放置すると人類史に悪い影響を及ぼす。だが、中には影響を及ぼすほどでもない微小な特異点も存在する。

「しかし微小特異点でも特異点ですから、きちんと修復しないとよくない影響が出る、というお話だったような……」

「まあねぇ。いつかの温泉宿のように放置しても問題はなさそうなんだけど、やっぱりバグを残すのは気持ち悪いじゃない？　それに修復したら聖杯の欠片を回収できるし」

特異点から回収した聖杯の欠片はカルデアの魔力リソースとして活用できる。そういう意味では今修復することにメリットもある。

「本来なら次の異聞帯から帰ってきてから、ゆっくり修復に向かえばいいんだろうけど、それじゃ手遅れだから」

「なるほど……しかしどうして私に？」

「この特異点を調べてみたところ、どうやらこの中で映画を撮影して、完成させれば修復ができるみたいなの。だったら作家系サーヴァントに監督と脚本をやって貰うのが手っ取り早いかなって」

アンデルセンやシェイクスピアに頼むという手もあったが、まず式部を呼び出したのは彼女が一番断らなそうなサーヴァントだと思ったからだ。

「解りました。いつぞやにおかけした迷惑の分、誠心誠意償《つぐな》わせていただきます」

シオンの読み通り、式部は承諾してくれた。

「お願いしておいてなんだけど……異聞帯への突入前だから、物資もメンバーも好き放題使えるわけじゃないのは理解していただければ」

式部は黙って肯く。

「それと何より、消滅まであと三日という短さです。人員集めにも時間はかけられませんが、いけそうですか？」

「……大丈夫だと思います」

だが実のところ、シオンは式部が夜を徹して読書をしていたことを知っていた。それでも彼女に頼んだのはその責任感を見込んでのことだ。撮影の過程でも色々と苦労を背負い込んでしまうのだろうが、きっと完成までこぎ着けてくれるに違いない。

「無論、立香《りつか》とマシュにも話を通しておきます。人手が必要なら彼女たちにも相談して下さい」

あの二人なら、間違いなく式部の負担を軽くしてくれるだろう。

「はい。それではしばらく図書館で着想をまとめます」

式部は笑みを浮かべると、管制室を出て行った。


「……とまあ、お二人が休んでいる間にそんな感じのことがあったのですが」

「展開が早い！」

いきなり管制室に呼び出されたかと思ったら、シオンから今回のミッションを告げられた。

「それで先輩とわたしは何をすれば良いのでしょう？」

愛すべき後輩のマシュ・キリエライトがそう尋ねる。

「わたしの役目は……先輩の護衛、でしょうか？」

シオンは首を横に振る。

「その必要はありません。調べた限り、敵性反応は皆無。マシュさんには紫式部のお手伝いをして欲しくて」

「じゃあ、私はぼんやりしてていいの？」

勿論《もちろん》、そんな筈はないのだが、敢《あ》えてとぼけてみた。

「いいえ。あなたにはある意味で一番大切なお仕事がありますよ。はい。これを受け取って」

そう言ってシオンが渡してくれたのは小型の機械だ。レンズがついていることから、かろうじてカメラの一種ではないかと推察できる。

「ダ・ヴィンチが趣味の工作で作ったビデオカメラです。軽くて使いやすそうでしょう？素人が撮っても綺麗に映るし、おまけに数十時間連続で録画できる優れもの。練習だと思って、これからは寝る時とトイレの時以外はずっと撮影するよう、お願いします」

「へえー、そうかー、ふーん……」

こんな小さいのに高性能カメラだなんてどうなっているのだろう。話の途中ではあるが、つい触ってしまう。

「もしかして、今すぐですか？」

シオンが意味深な表情で肯くので、仕方なくカメラを起動し、撮影を始める。

「……映画を撮れば特異点が修復できるのですから、最悪、ドキュメンタリーでもいいんじゃないかって。だったらもしアクシデントやトラブルで撮影が中断しても、一本ぐらいでっち上げられるでしょう？」

「ああ、ここからもうドキュメンタリーは始まってるわけですね」

そう言いながら、マシュはカメラをチラチラと見る。まだ気になるのだろう。

「理解が早くて助かります。私も紫式部の手腕は信頼していますが、万が一って可能性もあるから」

なるほど、流石はシオンだ。こうやってバックアッププランを用意しているところが実に抜け目ない。

「では図書館に向かって下さい。編集はムニエル氏がやってくれますから、とにかくもうジャンジャン撮っちゃって！」

いきなり名指しされたスタッフのジングル・アベル・ムニエルがギョッとした表情を浮かべてこちらを見ている。シオンが舌を出して誤魔化《ごまか》しているところを見るに、ムニエルは初耳だったに違いない。

「そう……それじゃ、行って来ます」

余計な舞台裏を撮りたくなくて、私とマシュは管制室を後にした。


カルデアの大図書館に行くと、式部が受付で座って何やら書き物をしていた。とりあえず挨拶をしようと近づくが一向にこちらに気づく様子はない。それどころか書き物に没入しているようで、独り言が口から漏《も》れていた。

「衣装は特異点にもあるようですが、実際に使えるか否かは現地でなければ確かめようがない……そこも考慮して配役を決めないといけません。もう大部分の割り当ては決まりましたが……最後のひとり……この方の役にピッタリの方は……」

「あの……こんにちは、紫式部さん」

マシュがおそるおそる声をかけると、式部はようやく我に返ったような顔でこちらを見た。

「ああ、マシュさん。それにマスター……」

「藤丸《ふじまる》立香、ただいま馳《は》せ参じました」

少しでも式部の気持ちをほぐせればと、大仰に敬礼してみる。

「マ、マシュ・キリエライト。同じく、馳せ参じました」

「まあ……シオンさんが派遣して下さったんですね。これで百人力です」

式部は喜んでいる様子だったが、その顔には深い疲れの色があった。

「あの、本当に大丈夫？」

式部の目を見つめて訊く。

「はい。脚本でしたら先ほど……完成しました。キャストの選定もほぼ終えて、皆様にも承諾をいただいております」

「それは良かったです」

……一瞬、目が泳いでいたような気がするけど、本当に大丈夫かな？

式部にその点を追及しようか迷っていると、式部がマシュにお願いを始めた。

「できれば、その……マシュさんにも出演していただきたいのですが……よろしいでしょうか？」

「よ、喜んで」

そうは答えたものの、マシュの表情は明らかに緊張していた。

「大丈夫、マシュ？」

「問題ありません……演技ぐらい、必要ならいくらでも……！」

不安だ。まあ、演技の素人は他にもいるし、本人が前向きならどうにかなるだろう。

「よかった……！　あとは……ああ、メインキャストを——」

そう言って式部は図書館内を見回していたが、やがて一人の壮年男性に視線が釘付けになる。

「おや……あれはモリアーティさん……？　何をされているのでしょう」

ジェームズ・モリアーティ……19世紀末のロンドンで恐れられた犯罪王だ。そのモリアーティが立ちっぱなしで脂汗を流していた。

よく見ればモリアーティはすぐ近くに机も椅子もあるのにフリーズしたように動けないでいる。どうやら持病の腰痛《ようつう》が爆発しそうらしい。

駆け寄って手を貸すか迷ったが、その前にモリアーティは意を決した表情で支えを求めて机の方に手を伸ばす。

だがバランスを崩し、モリアーティは机の上に置いてあったハードカバーの本に手をついてしまう。その瞬間、厭《いや》な音がはっきりと聞こえた。

「嗚呼《ああ》……」

式部が悲痛な声を挙げる。モリアーティはどうにか着席したものの、手をついた本は表紙と本体が泣き別れしていた。

モリアーティは慌てて本体を手に取るが、そのダメージは深刻だったようで、ページから何から見事にバラバラになってしまった。

「……とりあえず、モリアーティさんのところに行きましょう」

マシュの提案に従い、三人でゆっくりと近づくと、ちょうど少女のサーヴァント、ナーサリー・ライムがモリアーティに話しかけるところだった。

二人の会話が聞こえる距離まで移動し、そっと耳を傾けた。

「ねえ、おじさま。ここに置いてあった御本を知らない？　ペパーミントグリーン色の本なのだけど……」

ペパーミントグリーン色の本……先ほどモリアーティが破損……いや、破壊してしまった本だろう。そして今その残骸《ざんがい》はモリアーティの膝《ひざ》の上にある。

「その本なら、私が座る前に誰かが持って行ってしまったよ」

モリアーティはしれっとそう言い放つ。まあ、真実を告げて泣かれる可能性を思えば致し方ない。

だがナーサリー・ライムは素直に立ち去らなかった。

「だったらわたし、ここで御本が戻ってくるのを待つわ」

モリアーティはその瞳に深い悲しみを湛《たた》えながら、首を横に振る。

「お嬢さん……残念だが諦《あきら》めた方がいい。二度と返って来ないものと思った方が楽になる」

モリアーティの言葉を受けて、ナーサリー・ライムは哀しそうに顔を伏せる。

「そうなの？　だったら……わたしはどうすればいいのかしら？」

そんなナーサリー・ライムを慰《なぐさ》めるように、モリアーティは優しくこう囁いた。

「私について来なさい。君の欲しいものを何でも用意してあげよう」

そうやって時間を稼いでいる間にどうにか本を修復する手立てを見つけるつもりなのだろう。

「あの、モリアーティ様」

声をかけるタイミングを見計らっていた式部が少し焦《じ》れたような声でそう言った。

「な、何かね？」

モリアーティは上ずった声で応じる。

「ちょっとお話があるのですが、お時間は大丈夫でしょうか」

モリアーティは肯きつつ、膝の上の本をどうにかナーサリー・ライムの目に触れないような角度で隠すことに必死だった。

だがナーサリー・ライムはモリアーティの苦闘に気づかない様子で、無邪気にこう言う。

「おじさまたちは大人の話をするのね。じゃあ、わたしは邪魔をしないようにするわ。おじさま、約束を忘れないでね」

「ああ、用事が済んだらね」

モリアーティはひどく安堵《あんど》した様子で、ナーサリー・ライムを見送る。

「それで、この私に何の用かな？」

式部はモリアーティに改めて映画の撮影の件を説明する。話を聞き終えたモリアーティは深く肯くと、こう答えた。

「なるほど。そういう事情なら、出演するのもやぶさかではないが……一つ条件がある」

「はい、なんでしょう？」

モリアーティは静かに破損した本を差し出すと、申し訳なさそうな表情でこう頼んだ。

「本を一冊修復して欲しい……というか、許して欲しい。うっかり私が壊してしまったのでね」

式部が満面の笑みで肯いたのは言うまでもない。


城の中。赤絨毯《あかじゅうたん》の上で二人の男が強い言葉を交わしている。

「……外道が。そこまで腐っていたとはな」

「悪く思わないで下さい、タン将軍。いえ、あなたが悪いと言うべきですかね」

柳生《やぎゅう》但馬守《たじまのかみ》とモリアーティによる迫真の演技、息もできない程の緊張感だ。

「はい、カットです。今度こそ問題ありません」

マシュがそう告げると、モリアーティが安堵の表情を浮かべる。

「ふう……あとはナレーションをかぶせるだけだね」

特異点にレイシフトしてきたのはほんの二時間前のこと、テストも兼ねてモリアーティと但馬守、そして岡田以蔵《おかだいぞう》だけを呼び寄せてプロローグの撮影をしていたのだ。

いやー、それにしても……疲れた。

「これで但馬守様、以蔵様、クランクアップです。お疲れ様でした」

式部の言葉に但馬守はいくらか相好《そうごう》を崩してみせる。

「これで終わりとは……何とも呆気ないものだな」

「私はあなたが先に放棄するものと考えていたのだがネ。どうやら私の方が短気だったようだ」

そして続けて小声で、こう囁く。

「……彼のリテイク、もう数えきれないでしょ」

モリアーティの視線の先には以蔵の姿があった。正直、プロローグだけでこちらがめげそうになるぐらい撮り直した。台詞や演技を忘れるだけでなく、突然酒を飲もうとしたり、帰ろうとしたりするのだ。ダイゾー・オカというキャラ自体は以蔵を当て書きしたものだから、他にキャストは考えられないとはいえ、これだけ大変なのが解っていたら式部も以蔵をキャスティングすることはなかっただろう。

だが但馬守は涼しい顔でこう答える。

「主の命とあらば、私は決して裏切らぬよ。たとえそれがどれほど苦難に満ちていようとな」

「その実直さ、ある意味で羨ましいネ」

「以蔵さん、お疲れ様です」

マシュが以蔵にねぎらいの言葉をかけた。

「あとはカルデアでゆっくり休んで下さい。完成したら上映会に誘いますので！」

「……いやじゃ」

以蔵は思いもよらない言葉を吐いた。

「はい？」

「もうしばらくすると龍馬《りょうま》たちも来るらしいのう。またわしをのけものにするつもりか。こっそり楽しいことしようったって、そうは問屋がおろさんぜよ」

そう言う以蔵の目は既に据《す》わっていた。

坂本《さかもと》龍馬がこの特異点にやってくるのは事実だがそれはキャストとしてのこと、以蔵の思っているようなことなど起きない。

「岡田様、此度《こたび》の撮影は決してそのような愉快なものでは……」

「だいたい、これでしまいなんて今初めて聞いたわ。もしやおまん……わしを騙したんか？」

刀こそ抜いてないが、以蔵の身体は殺気に溢《あふ》れている。一度猜疑《さいぎ》に凝り固まってしまうと手がつけられなくなるのが以蔵の欠点だ。

どうしたものかと思案していると、但馬守が式部を守るように以蔵の前に立ちはだかる。

「……野良犬には仕置きが必要のようだな」

そう言って但馬守は愛刀を抜き放つ。

「はっ、暴れ足らん思うとったところぜよ」

以蔵は歓喜の表情を浮かべて但馬守に斬りかかる。

剣の達人同士の戦いでは、とてもではないが目が追いきれない。

手数が多いのは圧倒的に以蔵だ。以蔵の剣は今日も冴え渡っており、斬る突く払うに切れ目がない。そんな嵐のような攻撃を但馬守はどうにか紙一重でかわしているようだった。

「先輩……どうしましょう？」

「ひとまず但馬守に任せよう。あの人なら、上手く収めてくれる気がする」

先ほどから但馬守は攻撃をしていないが、あれは攻撃する余裕がないのではなく、ただ好機を待っているのではないか……。

そしてその時が来た。

「ふん」

攻撃の僅かな隙で一瞬がら空きになった以蔵の胴めがけて、但馬守が刀を袈裟懸《けさが》けに一閃《いっせん》した。

「うおおお⁉」

但馬守の一撃を受け、以蔵は転倒した。以蔵は苦悶《くもん》の表情を浮かべて傷口を手で押さえようとするが……。

「斬られて……ない？」

見れば以蔵の身体にある筈の傷口がない。というか、更によく見れば無傷だ。あれだけ鮮やかな一閃が決まったのに……。

「いや、確かに斬られたかと思ちゃが」

胸や腹を触って傷がないことを確かめている以蔵に、刀を納めながら但馬守が語りかける。

「斬る手前で刃を返し、斬ったという念だけを飛ばした。心得のある者にのみ通じる『試し』よ。相手が心底斬られたと感じれば効き目もある」

手を抜かれたと思ったのだろう。以蔵は怒りの形相で立ち上がる。

「道場剣法の癖に……わしを舐《な》めたらいかんぜよ！」

早速再戦の構えを取る以蔵を但馬守は手で制した。刀を抜く気配も見せない。

「まあ、待て。道場剣法とて木剣で斬り合おうし、当たれば痛い。しかしこれから我らがやるのは痛くない剣法だそうだぞ？」

そう言って但馬守は私にだけ解るようにウインクした。どうやら但馬守にはこの場を収める秘策があるようだ。

「痛くない剣法……そんなもん、あるわけないぜよ」

当然のように以蔵は反駁《はんばく》した。

「いや、当世では切れぬ刀を用いた、当てぬ斬り合いがあるそうな。こう、当てるように見せる訳だが……なんと言ったかな、あるじ殿？」

但馬守にそう問われて、何とか脳内の知識を総動員する。

「……殺陣《たて》ですね」

「そう、殺陣だ。傍目には真剣の斬り合いに見えるような見世物だがな」

良かった、正解だった。

「はあ？　見世物の剣の何が面白いんじゃ？」

心の底から意味が解らないという表情で以蔵が問う。

「さて、お主に殺陣が何処まで上手くやれるかな？」

「ふん、そんな斬り合いごっこになんか興味湧かんぜよ」

以蔵は興が冷めたような顔で納刀してしまった。

「こげん面倒なことは龍馬にでも任せて、わしはとっとと戻って酒でも飲む」

そう言うと以蔵は去ってしまった。このままカルデアに帰還するつもりであることは明らかだった。

「流石だネ。一時はどうなることかと思ったけど」

斬り合いに巻き込まれまいと隠れていたモリアーティが但馬守の前に戻ってきた。以蔵の相手を任せてしまったことに後ろめたさを感じているようだ。

「おや、血が……」

但馬守の身体からは出血が見られた。以蔵の剣を完全に制することはできなかったようだ。

「……あの者は首輪の嵌《は》まらぬ凶暴な野犬、致し方のない結果よ」

「損な役回りを押しつけて申し訳ないネ」

「これは異《い》なことを。どちらが損かなど、全てが終わるまで解らぬだろうに……私は先に行く。後を頼むぞ」

そう言い残すと但馬守も去って行った。その後ろ姿を眺めながら、式部が安堵する。

「……ちょっとだけ眩暈《めまい》がしましたが、ひとまずはどうにかなったようですね」

「以蔵君もいきなりクランクアップを告げられて動揺したんだろう。最初から伝えておけば良かったのに。不幸な行き違いだネ、まったく」

「私もそのつもりだったのですが……その……」

そんな会話を交わしていると不意に人の気配がした。見れば以蔵でも但馬守でもない、首から十字架を下げた褐色の伊達《だて》男だ。

「おや、あなたは？」

「何か騒がしいと思ったら……もしかして撮影ですか？」

伊達男は少しキザな口調で話しかけてきたが、敵意があるようには見えなかった。モリアーティもそれを見てとったのか、伊達男に素性を尋ねる。

「君は一体？」

「それが自分の名前を思い出せないのですよ。映画の撮影のために喚《よ》ばれたような記憶はあるのですが、一向にその時が訪れないままでして……このまま消滅を待つしかないと諦めていたところでした」

この伊達男、どうやらサーヴァントのようだ。だが自分の真名を忘れてしまったサーヴァントとは……。

「あの……もしや。私たちの撮影にご協力いただけるのですか？」

初対面の相手にこの申し出。式部にしては図々しい気がするが、きっとどうしてもこの男が必要なのだろう。

実際、伊達男の方も乗り気のようだった。

「ええ、あなた方さえよろしければ喜んで」

「しかし名前がないというのは不便でいかんね」

モリアーティがそう言うと、式部は何か閃《ひらめ》いたような表情になった。

「それではサラザールではいかがでしょう。キャスティングが浮いてしまっていた役の名なのですが」

「サラザール……良い響きですね。サラザール……サラザール……」

男は反芻《はんすう》するようにその名前を繰り返す。

「それでは今から私のことはサラザールとお呼び下さい」

「私は紫式部と申します。こちらはジェームズ・モリアーティ様」

「それで私が演じるのはどのような役なのでしょうか？　もっとも、どんな役が与えられようと完璧に演じてみせましょう」

「記憶もないのに、何だかものすごい自信だネ」

またしてもモリアーティは本人に聞こえないような声で囁く。だが式部は聞こえないふりをして、サラザールにこう告げた。

「これからメインキャストの方々が合流してくる手筈になっているので、その際にご説明します」

みなで大広間のセットに移動すると、そこにはレイシフトを終えた残りのメインキャストたちが既に待機していた。

坂本龍馬、アーラシュ、オジマンディアス、トリスタン、マシュ、サリエリ、ジャンヌ・オルタ……ちなみにサリエリはスーツ、ジャンヌ・オルタはドレス姿での登場だった。

「で。どうしてこんな格好を指定した訳？」

「とってもお似合いですよ」

式部に褒められて、ジャンヌ・オルタは自慢げに肯く。

「そうね。似合ってれば別にいいわね」

「プロローグも撮り終え、いよいよ本編です」

式部はそこまで言うと何故か表情が暗くなり、すぐに直視できないほど沈痛なものになった。よく見れば目には涙がにじんでいる。

厭な予感しかしない……。

「どうしたの、式部？」

「ところで、この期に及んでこんなことを言うのも申し訳ないのですが……実は……台本が完成していませんっ！」

なんてことだ……もっと早くにこの言葉を引き出しておくべきだった。

「はあー？」

ジャンヌ・オルタがそう言うと、式部は見ていて気の毒になるぐらい萎縮《いしゅく》してしまった。

「その……ただ出力が間に合っていないだけで、私の頭の中にはちゃんとあるんです。なので皆様には撮影シーン毎に逐一台詞を憶えていただくことになりますが。本当に申し訳ありません」

式部はもう涙目だった。

「無茶苦茶言うわね⁉」

「ま、まあ予定外のアクシデントが沢山あったしね……」

以蔵さんのお陰で時間を食ったりとか。

フォローを入れるとジャンヌ・オルタは肩をすくめた。

「……しょうがないわね。ただ、あんまり長い台詞はやめてよね。あと、難しすぎる台詞もね」

どうやらジャンヌ・オルタは撮影に協力してくれるようだ。

「まあ、仕方ないさ。製作に関わることは彼女がほぼやってるんだものね」

龍馬も特に怒った様子もなくそう言う。思いの外、皆はこの状況を受け入れているようだった。

思えば特異点の修復が思い通りに行ったことなどそうそうないではないか。アクシデントに対応できてこそのマスターだ。

「ところでそちらの見慣れないサーヴァントは？」

龍馬にそう言われて、サラザールは一礼した。

「サラザールと申します。と言っても記憶喪失で自分が誰か思い出せないので、ただ役名を名乗っているだけですが」

「サラザールさんにはサラザール神父役を演じていただきます。記憶喪失なので、過去のことは解らないという設定です」

色んな意味で彼におあつらえ向きの役だ。

「サラザールさん、よろしくお願いします」

マシュがサラザールに挨拶をすると、何故か彼は言葉を失っていた。真顔のまま、じっとマシュの顔を見つめている。

「……あの。サラザールさん？」

「……ええ、こちらこそ是非お願いします。素敵なお嬢さん」

サラザールはマシュに見とれていた。それ自体は悪くないのだが、彼はすぐ近くにいるジャンヌ・オルタには目もくれなかった。

「……ムカつくわね」

「まあまあ。人見知りかもしれないじゃない」

このままではサラザールを焼きかねないと思い、慌ててジャンヌ・オルタを引き剝《は》がす。

その様子を見ていた式部が口を開いた。

「それでは、皆さんの役の説明を一通り終えたら、早速撮影に入らせていただきます。不慣れなことばかりですが、どうか最後までお付き合い下さい」


ついに本格的な撮影が始まった。

サリエリ演じるアントニオとジャンヌ・オルタ演じるエリスが鳴鳳荘の大広間に移動し、各登場人物たちと会話を交わしていく模様を黙々と撮る。

みんな、素人の筈なのに台詞を間違えなくて偉いな……。

「……立香《マイガール》ちゃん、立香ちゃん」

小声で話しかけてきたのはモリアーティだ。

「例の鳳凰の紋章のデカール、セットに全部貼ってきたよ」

嘴を開いた鳳凰の紋章……素直に見れば鳳凰が鳴いている絵だから、鳴鳳荘のシンボルなのだろう。そんな紋章がプリントされたデカールをセットのあちこちに貼れというのは他ならぬ式部の指示だった。

映画の舞台を鳴鳳荘と命名したのも式部自身だが、ここまで鳳凰を強調する必要性があったのだろうか……余裕があったら後で訊いてみよう。

「いやあ、実に大変な作業だったネ……」

カメラが回っているのにモリアーティは構わず声をかけてくる。折角、撮影が上手く行っているのに、こんなことで撮り直しになってはみなに申し訳がない。

「しっ」

つい、厳しい表情で注意してしまう。だがモリアーティは少し拗《す》ねた様子で肩をすくめた。

「私の小声ぐらい、あとで編集で消せるサ。それにしても、ぶっつけ本番の割にはみんなちゃんと演じているじゃないか。紫式部の説明によると……」

返事はせずにただ耳を傾けることにした。

「アントニオは元宮廷音楽家で今は売れっ子作曲家、エリスはその姪で歌姫。ガブリエラは私が演じるミゲルの養女にして、なんと未亡人という役らしい。なんでも十年近く育てた末に結婚、その後すぐに死別という設定だそうだが……あれ？　私の設定、ちょっと厭過ぎない？　みんなから変態ジジイって言われない？」

モリアーティの嘆息を無視して、龍馬にカメラを向ける。

「ローマ・クレイシはかつてミゲルの部下だったそうな。だが経歴を見る限り、少々変わったキャラのようだ」

そして次はオジマンディアスとアーラシュ。

「バルガスとガルシアは猟師のふりをしてはいるが、ナダイ・ナーダ王国の王子と従者らしい。何か波乱を起こしてくれそうだね。サラザール君のことは私もよく解らないから、識者に任せよう」

ややあってマシュがどうにか最初の出番を終える。あとはこの乾杯シーンを挟んで、いったんカットが入る筈だ。

「しかしカットしたくなるようなシーンもなし、この分なら思っていたよりも早く終わる……おや？」

式部がよろめいてジャンヌ・オルタにぶつかった。

あんなのは打ち合わせになかった筈だけど……。

「立香ちゃん、彼女の様子がおかしい！」

モリアーティの言葉の通り、式部はよろめいた後、そのまま地に倒れ伏してしまった。

あまりの展開にモリアーティと顔を見合わせる。

「参ったね立香ちゃん！　ちなみに私じゃないから、コレ！　いや、本当の本当だからネ⁉」

第二章
演者は惑う

「大変です。紫式部さんが……！」

マシュの悲痛な声を合図に、モリアーティと一緒に式部の許《もと》に駆け寄った。

「だ、大丈夫⁉」

思わずカメラを下げそうになったが、それをマシュが手で制止した。

「いえ、先輩はカメラを回していて下さい。わたしたちで何とかします……！」

アーラシュとオジマンディアスが式部の処遇について相談を始める。

「とりあえず、寝台のある場所に運んでやろうや。確かあっちに部屋があったよな？」

「うむ。小さな部屋だが仕方あるまい。このまま床に転がしておくのは忍びないからな」

そう言ってアーラシュは式部を抱きかかえる。その様子を見ていたジャンヌ・オルタは
ドレスの染みを眺めて、ぽつりとこうつぶやいた。

「……なんだかドレスって状況でもないわね。私、着替えてくるわ」


「これでよし、と」

アーラシュとオジマンディアスに運ばれ、式部は無事ベッドに寝かされた。

「それにしても……とても素敵なお部屋ですね」

マシュの言う通りだ。式部が運び込まれた部屋は調度品も豪奢《ごうしゃ》で、このまま撮影に使えそうだった。

ベッドで眠っている式部、そしてそんな彼女を皆は固唾《かたず》を呑《の》んで見守っていた。そこに私服への着替えを済ませたジャンヌ・オルタが入ってくる。

「それで……容態はどうなの？」

ジャンヌ・オルタの問いかけに龍馬が答える。

「命に別状はなさそうだけどね。ただ、いつ目覚めるかは解らない」

「飲み物を用意したのはアンタ？」

ジャンヌ・オルタが怒りの表情でサラザールに食ってかかる。サラザールは困惑しつつ、弁明をする。

「いや、確かに運んだのは私ですが……変なものを入れる余裕なんてありませんでした」

マシュが助け船を出す。

「待って下さい。わたしの見間違えでなければ……会場に入る前に何か薬のようなものを飲んでいた気がするんです」

マシュは式部に視線を向けながらそう言う。だが、サリエリは納得が行かない様子だ。

「ほう、パーティーの主役が自らの意志で毒を飲んだと？　解《げ》せんことだな」

「妙だな。ここまでは全部彼女の仕切りだ。それを自らぶち壊す必要なんてどこにもない」

アーラシュも首を傾げる。

「どうして彼女が薬を飲んだのかまでは解りませんが、少なくともサラザールさんは潔白……だと思うのですが」

マシュの言葉を受けて、龍馬がサラザールにこう尋ねる。

「ん……サラザール君。さっきの口ぶりから判断するに、もしかして飲み物を用意したのは君じゃないのかい？」

「ええ。私がトレイを取りにきた時は既にグラスに飲み物が注がれていた状態でした」

「誰ですか？　飲み物を準備したのは」

「私だ」

トリスタンの問いかけに手を挙げたのは……モリアーティだった。その瞬間、なんとも言えない白けた雰囲気が漂い始めた。

「待ちたまえ。なんだね、この空気は？　私はただ、撮影助手としての仕事を果たしただけだよ。これだってカルデアから持ってきた撮影用のぶどうジュースなんだから」

「あー、はいはい。いいから、全部白状しなさい！」

モリアーティの弁明も聞き入れず、ジャンヌ・オルタが追及する。そこにホログラフのホームズが現れた。

「諸君、不毛な犯人探しはそこまでだ。謎はもう解けた」

「いくらなんでも早くない？」

「結論から言うとこの件に犯人はいない。ただの不幸な事故だ。証人も呼んである」

ホームズがそう言うと、ホログラフのパラケルススが出現した。

「つい先ほど薬を融通して貰いに行ったところ、彼が……いや、私の事情はどうでもいい。肝心なのは彼が真実を知っているということだけだ」

薬の融通……ああ、口にするのも憚《はばか》られるような類の薬か。

パラケルススは静かな口調でこう尋ねる。

「ゴミ箱に『安心・斬新・邁進のホーエンハイム院』と書かれた包装紙の残骸がないでしようか」

「ええと、ゴミ箱は確かあそこに……」

マシュはゴミ箱に駆け寄り、またすぐに戻ってきた。手には何か紙切れのようなものを摑んでいる。

「ああ、本当です。包装紙の残骸には確かに『安心・斬新・邁進のホーエンハイム院』と」

パラケルススは哀しそうな表情で口を開く。

「では間違いありません。それは私が彼女に処方したものです。ご存じの通り、これは一度飲んだら疲労が取れるまで強制的に眠り続けるお薬です」

いつぞやはこの薬のせいで大変な騒動が起きたのだが、それはここで語るべきことではない。

「私は彼女から疲れを取る薬が欲しいと言われ、その目的について深く考えないまま、二包渡してしまいました」

証人の言葉が終わるのを待っていたように、ホームズが口を開く。

「確か映画撮影の申し出をミス・式部が引き受けた際、彼女は徹夜明けだったそうだね。その時点で大きなハンディキャップを負っていたにもかかわらず、脚本作りと製作進行を任された彼女の疲労は乗数的に溜まっていったことだろう。パラケルススに頼ったとしてもおかしくはない」

「……ルルハワを思い出すわ。徹夜が続くと、本当に判断力がおかしくなるのよね」

ジャンヌ・オルタの言う通りだ。

「いえ、全ては何も考えずに彼女に薬を渡してしまった私が悪いのです……しかしよかれと思ってしたことが、こうも裏目に出るとは……」

パラケルススは申し訳なさそうにしているが、彼に罪はないだろう。

「疲労の限界に達したミス・式部が薬をこっそり服用して撮影に臨み、そして限界を迎えて倒れた。これがこの不幸な事故の顚末《てんまつ》だ。念のためにモリアーティの行動の裏も取ったが……残念ながらシロだった」

本当に無念そうに口にするホームズにモリアーティは心外そうな表情でこう言った。

「残念ながらはないだろう。しかし、ホームズ君。私の無実の罪を晴らしてくれるなんて、実に御苦労だ」

「……私としてもカルデアの戦力を減らすのは本意ではないからね」

この二人、本当に仲が悪い……いや、ここまで息が合っているのは逆に仲がいいのでは？

「……疑って悪かったわね、サラザール」

「いえ、こういう状況なら仕方がありません。むしろ誤解が解けただけでも御の字です」

サラザールへ謝罪するジャンヌ・オルタをモリアーティは解せないという顔で見ていた。

「んん？　どうして私への謝罪はないのかな」

日頃の行い、人徳、間の悪さ……。

そんな言葉を頭に浮かべていると、ホログラフのシオン、アンデルセン、シェイクスピアが出現した。

「うーん、参ったわね。監督兼脚本家が倒れた以上、このままだと撮影は続行不可能ね……」

だがすぐに思い直したような表情でシオンはこう言う。

「あ、でもカルデアには稀代《きたい》のストーリーライターがまだ二人もいるんだから、どうにでも……」

「お断りだ」

「お断りします」

にべもなくそう告げたアンデルセンとシェイクスピアにシオンは驚愕《きょうがく》の表情を浮かべる。

「二人ともどうして？」

「これは式部殿の手によって生み出された物語です。どれだけ魅力的であっても気安く触れるべきではない。おまけに話の方向性や結末も知れぬ物語なのですから。吾輩《わがはい》ならおっかなくて手を出せませんね」

「あのシェイクスピアともあろうものがこんな弱気になるの？」

「物語を知り尽くしたシェイクスピアだからこそ、だ」

アンデルセンが口を開いた。

「いいか、物語には何らかのテーマがある。それを知らぬままに外野が継ぎ足したところで、まともな代物になる筈がない。仏作って魂入れずという言葉があるが、まさにそれだ」

「式部殿の監修があるならともかく、今の状態ではどうしようもありませんな。せめてメモか書きかけの脚本があれば良いのですが、どうやら式部殿の頭の中にしかないようで」

「つまりはお手上げだな。このまま眠り姫が目覚めるのを待つしかあるまい」

「ここまでやっておいて特異点修復を諦めるのはリソースの無駄遣いなのですが……」

シオンはそう言ったが、シェイクスピアは何故か笑顔を覗かせた。

「しかし、あんなことを言っておいてなんですが、ここまでの導入は悪くない気がしますよ。背景説明、人物紹介、そして刺激的なイベント……面白い素材が沢山揃ってます」

「でも続きは書きたくないんでしょう？」

「我々とて、式部殿に恨まれたくはないですからな。しかしキャストの皆さんがめいめいの判断で続きを演じる分には許してくれるのではないでしょうか」

シェイクスピアはそう言うと、こちらに語りかけてきた。

「いかがでしょう。この続きは皆様で探りつつ、撮っていくというのは？」

「ええっ!?」

マシュが驚きの声を挙げる。

「曰くありげな屋敷、莫大な遺産を相続した美しい女主人、そして一癖も二癖もありそうな招待客たち……これはもうミステリーの立派な導入だな。ひとまず仮に『鳴鳳荘殺人事件』と名付けてみるか」

アンデルセンの言葉を聞いたジャンヌ・オルタはため息を吐いた。

「だけど素人の私たちにここからオチをつけろっていうのは随分な話よね。同人誌は作れたけど、ミステリーはまた別だもの……」

「……こんな時ぐらい役に立ったらどうかな、犯罪者？」

ホームズの嫌みにモリアーティは肩をすくめる。

「うーん、私はこんな下手な犯行計画を練らないからねえ。気がついた時には全てが終わっている方が好みさ」

　などと、穏やかではないことを口にする。

「モリアーティ殿の立てた犯罪計画を元にミステリーを書くというのは魅力的なアイデアですが、今回は見送るべきでしょうな」

「どうして？　適役なのに……」

「ミステリーというのはいわば逆算の文学ですからな。全ての登場人物の配置に意味があり、最後には収束する。しかしその反面、ダイナミズムを損なうこともあります」

「あまりかっちりと決めすぎても、物語にうねりが生じないからな」

　アンデルセンが解説を継いだ。

「作者が事前に綿密に立てたプロットを登場人物たちが無視して動き始めるぐらいでちょうどいい。それに急ごしらえで下手な着地点を用意するよりは、おまえたちに任せた方が面白いかもしれん」

「それはちょっと買いかぶりすぎじゃないかい。僕たちは演じることに関してはまるっきりの素人だよ？」

　そう言う龍馬にアンデルセンは吠える。

「馬鹿者、おまえたちのような素人がいるか！　おまえたちは汎人類史に残った名キャラクターたちなんだぞ。真剣に役になりきり、真剣に演じさえすれば、必ず面白いことが起きる筈だ」

熱弁するアンデルセンをシオンはしばし曖昧な表情で眺めていたが、やがて諦めた様子でこう言った。

「……まあ駄目で元々、とりあえずやってみて。特異点の消滅まではまだ時間があるし、ここで撮影中止ってのも癪《しゃく》だからね」


自室のベッドで眠るガブリエラ、そんな彼女を招待客たちが取り囲んで見守っていた。

そこに私服に着替えたエリスが入ってきた。

「来たか。ドレスの染みは落ちそうか？」

エリスはアントニオの問いに煩《わずら》わしそうな表情を浮かべる。

「……そんなのどうでもいいわ。少なくともしばらく着る機会はないでしょうし。それより、ガブリエラはどうなの？」

エリスの問いにローマが答える。

「かろうじて一命を取り留めた。だけど、まだ予断を許さない状態だね。彼女から話が聞けるようになるまでしばらく時間がかかると思っていた方がいい」

「犯人が解るまでもうしばらくの辛抱《しんぼう》ってことか」

そんなガルシアの言葉をイシドロが否定する。

「さて、どうでしょう。ガブリエラさんが意識を取り戻したところで、誰がグラスに毒を入れたのかまでは彼女自身も知らないのではないでしょうか」

そんなイシドロにエリスは信じられないものを見たような眼差しを向ける。

「何、突然どうしたの？　探偵みたいな物言いして……」

「申し遅れました。旅の楽士というのは仮の姿……」

イシドロが何事か言おうとした瞬間、アドリアナが言葉を被せる。

「その正体こそ、かの名探偵イシドロ・ポジオリです。そしてわたしは探偵助手のアドリアナ・モリナリ」

そんなアドリアナをイシドロは少し哀しそうにたしなめる。

「……アドリアナ、私の台詞を取らないで下さい」

「あ、申し訳ありません」

「しかし名探偵イシドロ・ポジオリね。悪いけど、全然知らねえな」

「それは当然ですよ、ガルシアさん。今は政府高官からの依頼をこなすことが多いですからね。一般的な知名度はないに等しいでしょう」

そう嘯《うそぶ》くイシドロを見ながら、アントニオとエリスが言葉を交わす。

「名前を売る必要のない稼業か。羨ましい限りだな、エリスよ？」

「どうだか。お偉いさんにとって都合の悪い事実を闇から闇に葬ってるだけかもしれないわよ」

「確かに口さがない者は私を解決屋《クローザー》とも呼びますがね。みなさんが警戒するのは無理もありませんが、どうか私たちを信じていただきたい」

ローマはイシドロとアドリアナを交互に眺めて、肩をすくめる。

「しかし探偵とは穏やかじゃないね。まあ、今はとても助かるんだけど。で依頼主は……やっぱりあの人だよね？」

「ご明察。ミゲル・アンヘル・コルテス初代大統領閣下です。あの方から何か起きた時はくれぐれも頼むと言い渡されておりまして。私の出番がないことを祈っていたのですが……今ばかりは事件を呼ぶ体質が恨めしい」

「あの人、そういうところが周到だから怖かったんだ。まるで自分が死んだらどうなるかまで解ってたみたいだろう？」

「先生は行く先々で事件を引き寄せる凄い方なんですよ。そしてついた二つ名が〝死神のイシドロ〟です」

アドリアナの注釈にエリスの表情は引きつった。

「そ、そう……縁起の悪い名前ね」

ずっと黙って会話に耳を傾けていたバルガスがついに口を開いた。

「サラザールとやら……本当にミゲルから何も聞かされていなかったのか？」

「ええ。ミゲル様からは何も……もしや私のことを信頼していなかったのでしょうか」

落ち込んでいる様子のサラザールをアドリアナが慰める。

「サラザールさん、そんな顔しないで下さい。まだそうと決まったわけじゃありませんから」

「ありがとうございます、お嬢さん。気持ちが安らぎましたよ」

「どういたしまして。ところで本題に戻るんですが、ガブリエラさんはどうして狙われたんでしょうかね？」

アドリアナがそう口にした途端、一同の視線がアドリアナに集まった。だがアドリアナはその視線の意味が解らず、狼狽しているようだった。

「まさか、アンタ知らないの？」

呆れた様子のエリスにそう言われて、アドリアナはますます戸惑ってしまった。

「え？」

「〝コルテスの遺産〟よ。勿論、ただの遺産じゃないわよ。ミゲルが表舞台から引退しても影響力を失わなかったのは、現役時代に集めた何か凄いものがあるからだって」

「そんなものがあったなんて……エリスさんはお詳しいんですね」

「……政府のお偉いさんたちと食事をした際、そんな噂話《うわさばなし》を聞いたことがあるの。ガブリエラはそんなものを相続したんだもの、命を狙われたっておかしくはないでしょう？」

「でも噂なんですよね？」

「何、私の話を疑うの？」

アドリアナに食ってかかろうとしたエリスをローマがなだめる。

「いやいや、事実だよ。元部下の僕が言うんだから間違いない」

エリスはほら見なさいとばかりに胸を張る。

「僕は軍医だったから、色々な場所に出入りできてね。色々な人間の不正の証拠を集めさせられたものだよ。勿論、僕が集めたものなんてごく一部さ。ただ、そうやって首輪を嵌められた政府関係者が何十人もいるのは確かだろう。そんな薄汚い脅迫材料だけじゃない。遺産には王国時代の貴重な文書や芸術品なんかも含まれていた筈だよ。きっと、この広い屋敷のどこかに眠っているんだろう」

そんなローマの言葉をアントニオは黙って、しかし目だけは光らせて聞いていた。

「はあー、すげえや。その遺産をそっくり奪ったとしたら、そいつはナダイ・ナーダの次なる支配者ってわけだ」

「それで真っ先にガブリエラが狙われたと……」

そんな会話を交わしたのはガルシアとバルガスだ。

「しかしガブリエラを殺《あや》めたところで、遺産が即座に自分のものになるわけではなかろう？」

そんなバルガスの疑問にローマが答えた。

「いや、奪えなくとも闇に葬るだけで充分な者もいるさ……例えば政府高官の手の者とかね。次は再度ガブリエラの殺害を試みるか、それとも僕たちを皆殺しにするつもりか」

「だが遺産を葬るだけならこの鳴鳳荘に火でも付けた方が早かろう。我々が寝静まった後ならもっと効果的だと思うのだが」

「まあ、現時点では正解は出ないだろうが、俺たちを警戒させてる時点でうまくはねえな。やっこさんが現時点ではまだ強硬な手段に出るつもりはないにせよ、な」

そんな猟師たちの会話に耳を傾けながら、エリスが誰にともなく口を開く。

「それにしたって料理や飲み物に毒を仕込まれたらどうしようもないわね。何せ……ガブリエラはあの男が運んできたワインを飲んで倒れたんだから」

「よさないか、ガブリエラ！」

アントニオがたしなめたが、サラザールに気分を害した様子はなかった。

「いえ、エリス様の疑いはもっともです。では、こうしましょう。私は皆様のお食事を用意しますが、配膳前に皆様の前で毒味致します」

「毒味か……そんなもの、如何様《いかよう》にも誤魔化せるだろう」

「すまねえ。バルガスは疑り深いんだよ。まあ、猟師ではそういうところが役に立つんだがな。サラザールさん、できれば俺たちには保存食を分けて貰えるとありがたいかな」

「……無理ならば外で獲ってくるまでのことだが」

そんな猟師たちにアドリアナは素朴な疑問をぶつける。

「でも保存食にも毒が入ってる可能性もありますよ？」

ガルシアは笑顔で答えた。

「毒味ぐらい俺にもできるさ。唇の上や舌の先に触れさせて確かめるんだ。勿論、匂いだって判断基準だ。嗅げば解ることが沢山……」

そう言って鼻を動かしていたガルシアだったが、突然警戒の表情を浮かべた。

「なんだ、妙な匂いがするな……自然にはありえない匂いだ。こっちから匂いがする！」

「おい、ガルシア」

駆け出して部屋を出て行くガルシア、そしてその後を追うバルガス。ただならぬ反応にイシドロが一同にこう告げた。

「我々も後を追いましょう」

廊下。走っていたガルシアはやがて一枚の絵の前で足を止める。

「これだ！」

つられて一同も足を止める。ガルシアが睨んでいるのはミゲルとガブリエラの二人の姿が描かれた肖像画だった。

「この肖像画、まだ乾いてない絵の具の匂いがするぞ」

「ガルシア君は舌だけでなく、鼻もいいんだね……ここまで近づけば、僕にだって匂いが解る。サラザールさん、この肖像画はいつからここに？」

「ミゲル様が御存命の内にはもう完成していたと思いますが……」

「どこか変わった点はありますか？」

「それが……どこかに手を加えたかまでは解りません。もっと注意して見ておくべきでした」

肖像画を注意深く眺めていたアントニオが口を開いた。

「世間からは些末《さまつ》に思える箇所に心血を注ぐのが芸術家だ。一見して手を加えた箇所が解らなくても何もおかしくはない。肝心なのはごく最近手を加えた者がいたということだ。仕上がりが気に入らなかったのかもしれないが……まあ、それもまた芸術家のサガだ」

「……参ったな。繋《つな》がってしまったよ」

そう言ってローマはまなじりを押さえる。

「カドミウムイエローやバーミリオンなどの絵の具には人体に有害な重金属が含まれている。そしてガブリエラの症状は重金属中毒に近いもののように思える。まだ断言はできないけどね。絵の具をそのまま飲み物に混入したとは思わないが、絵の具からは重金属の成分を抽出することが可能だ」

ローマの考察にイシドロは肯いてみせる。

「……やや強引な論理ですが、肖像画に手を加えることができた人物は絵の具を所持していたわけで。そして絵の具を所持していたのなら、毒物も生成できたということですね」

「そういうことだね」

「念のため、尋ねておきましょうか。この中で絵の具を所持している方は？」

しかしイシドロの質問に返事をする者はいなかった。

「……やはり名乗り出ませんね、先生。ということはやはりアレでしょうか」

アドリアナはイシドロの顔色を窺うように尋ねる。

「そうですね。これはつまり……アレです。アレ」

しかしイシドロはそれを口にすることはなく、むしろアドリアナに言わせたがっているようだった。

「もったいぶってないで、さっさと言いなさいよ。どっちでもいいから」

焦れたエリスに背中を押されるように、アドリアナが手を挙げる。

「では僭越《せんえつ》ながらこのわたしが……」

アドリアナは指を一本立て、こう宣言した。

「鳴鳳荘に潜む卑劣な毒殺魔、肖像画家《ポートレイヤー》はこの中にいます！」

第三章
推理は集う

「はい、カットー！」

モリアーティが叫ぶと、みなの間に安堵の雰囲気が漂う。会心の一発撮りだが、だからこそ撮影中の緊張感は凄かった。カメラ越しでも、キャストたちの絶対に失敗させられないという気持ちが伝わってくるほどに。

ただ、トリスタンが失敗しそうな気配を出していたから、ここで切るのは正解だったかもしれない。モリアーティの判断に感謝だ。

「ちゃんと繋がるものですね。特に毒のくだり……龍馬さんのアドリブが凄かったです」

「いやあ、あんなのただの思いつきだよ。たまたま繋がったからいいものを」

苦笑する龍馬にアーラシュが頭を下げる。

「すまねえな。匂いにつられて、変なこと口走ったばっかりに」

申し訳なさそうにそう言うアーラシュにオジマンディアスは笑いかける。

「いや、お陰で筋道ができたではないか。以降はその肖像画家とやらをみなで探せばいいのだからな」

そこに突然、シェイクスピアのホログラフが現れる。

「しかしまだ足りないですな。もっと煮詰めないといけません」

「どういう意味よ？　っていうか、そっちでずっと見てたのね……」

ジャンヌ・オルタの言葉にシェイクスピアは首を縦に振る。

「確かに謎は示されました。これで物語が向かう方角も明確になったと思います。しかしあなた方が一体どんな登場人物なのか、観客にまだ充分に提示されたとは言えませんな」

続いてアンデルセンのホログラフも現れる。

「視点人物となる人物もいないし、各人の心理を補強するモノローグも入ってない。今のままではおまえたちは状況にただ操られるだけのデク人形だ」

「これは手厳しいですね……」

サラザールが複雑そうな表情で言う。記憶喪失の身には堪《こた》える言葉だったのだろう。

「そこでです。次のシーンからは理由をつけて別行動していただきたい」

シェイクスピアの言葉にマシュは驚いた表情を浮かべる。

「それはもしかして……『殺人犯なんかと一緒に居られるか』『自分の部屋に戻らせてもらう』ってやつですか！」

身振り手振りを交えて演技するマシュはとても楽しそうだった。

「勿論、それも一つの自然なリアクションでしょう。ただ、発展性に乏しいのは否めません。猜疑心に凝り固まり、人に心を許すことができない臆病な人間なら、一人籠城《ろうじょう》を決め込むでしょう。しかしここまで皆さんの演技を眺めてきた限りではそんなお約束の行動を取る登場人物はいない気がします」

何より、今回のキャストにそんな安易な行動を取られてしまうと興ざめのような気もする。

「例えばサリエリ殿、この後あなたならどうしますか？」

水を向けられたサリエリは天井を眺め、しばし黙考した。

「……そうだな。我自身、まだこのアントニオという役を摑み切れていないところがあるが……我が無実の身なら、自分の目標の達成を念頭に置きつつ、犯人の目論《もくろ》みを阻止するために次の手を打つだろう」

サリエリの意見は妥当のように思えた。

「一方で我が犯人ならば皆に協力するふりをして、次なる一手を打つに違いあるまい。ガブリエラの殺害も未遂に終わったことだしな。少なくとも部屋に籠もるという選択肢だけはありえない」

そんなサリエリにジャンヌ・オルタが同意する。

「奇遇ねえ、おじ様。私も同じことを思ってたのよ」

「……その呼び方は劇中でだけにするがいい」

困惑気味のサリエリに、シェイクスピアは嬉しそうな様子で声をかける。

「いえいえ、この場に限れば役になりきるのは何も悪いことではありませんよ」

「なるほど。誰が犯人かはまだ決まっていなくとも、お互いそれとなく探りを入れていくのが自然でしょうね」

トリスタンの言葉にシェイクスピアは首肯する。

「その通り。そうした真剣な腹の探り合いが、物語に化学反応を起こすのです」

「俗に言うキャラクターが勝手に動くという状態だな。というか、脚本がない以上は勝手に動かなければどうしようもない」

アンデルセンの言葉にサラザールは弱気な表情を浮かべる。

「しかし今の私に気の利いたことが言えるかどうか……」

「良い言い回しが思いつかないというのなら吾輩たちが手助けしましょう。ねえ？」

シェイクスピアはアンデルセンに同意を求めたが、アンデルセンは身振りで断った。

「いや、俺は少し用事を思い出した。ここはおまえに任せる」

「……何か考えがあるようですね。そういうことなら、吾輩一人で充分です」

「おまえたちもなるべく自分の頭で台詞を考えろよ。たとえ映画が完成したところで、丸々シェイクスピアの新作になってたら笑えんからな」

そう言うとアンデルセンは通信を切った。

撮影に入るのは各人でキャラを摑んでからにしよう、というわけでそれぞれ自分の演じるキャラの掘り下げを始めた。

「そもそも余とそなたはどうして猟師などやっているのだ？　王子とその従者が野外での肉体活動に無理に精を出す必要などないではないか」

近くでオジマンディアスがアーラシュに問う。

「そうだな……今の政府には王族に生き残りがいることを快く思わない連中がいるかもしれねえ……だから懸賞金がかけられているなんてどうだろう。流れ者の猟師なら逃亡生活にもってこいだ」

「余が逃亡者だと？」

だが逃亡者にしてはちょっと隠しきれないほどのオーラが出ている。

「それじゃ、こういうのはどうだろう。身分を隠して二人で世直しの旅をしてるっていうのは。王国はなくなったけど、土地や民を愛する気持ちは変わらず持っていたんじゃないかな」

アーラシュの提案を聞いたオジマンディアスは目を閉じて、黙り込んでいた。おまけに身じろぎもしないものだから、怖くて思わず身構えてしまう。

「もしかして、何か気に障ること言っちまったかい？」

そう言われると、オジマンディアスはカッと目を見開き、快哉を叫ぶ。

「素晴らしいぞ！」

どうやら喜んでいるようだ。

「不覚……どうしてこれを思いつかなかったのか。余がファラオだった時にもやるべきであった。よし、あやつらのことが解ったところで撮影再開だ。いくぞ、ガルシア！」

もうすっかりバルガスになりきっている。そんなオジマンディアスの様子を見て、シェイクスピアはこうコメントした。

「おやおや、これはこれは……オジマンディアス殿もといバルガスが一歩リードというところでしょうか」


カルデアの大図書館。主のいない受付をアンデルセンは一人物色していた。

「……空振りか」

何かメモでも残っていればと思ってやってきたが、無駄足だったようだ。もっとも本編の台本すら出力が間に合わなかった状況では仕方があるまい。

肩を落とすアンデルセンの背中に声をかける者がいた。

「やはりここか」

アンデルセンが振り向くとそこにはホームズが立っていた。行き先は誰にも告げていなかったのだが……。

「おまえどうして……」

「簡単な推理さ、ミスター・アンデルセン。ミス・式部の意思を尊重したいあなたなら、必ずその手がかりを探そうとするに違いないと思ってね」

本当に小癪な男だ……この洞察力を脚本の完成に活かすことができたらどれだけ話が早いか。

「正解だ、名探偵。だが生憎、それらしいものは発見できなかった。まあ、現場はもう勝手に動き始めている。今更どうなるものでもないが、せめて結末のヒントぐらいは欲しくなってな」

「だがミスター・アンデルセン、あなたは何か仮説を持っているのではないかな？」

「そこまでお見通しか」

アンデルセンは苦笑する。

「ミス・式部はいったいどんな物語を描こうとしたのか……作家としてのあなたの意見を聞きたい」

そうまで言われてしまえば、答える他あるまい。

「あくまでこれは俺の個人的な見解だ。的外れかもしれないが、それを承知の上で聞いてくれ」

「心得た」

アンデルセンの断りにホームズは真顔で肯く。

「実際に書くかどうかは別にして、作家たるもの、書いてみたい物語の十や二十は胸に抱いてて当然だ。いや、十や二十は言い過ぎにしても、式部にも何かしらのアイデアは事前にあっただろうな」

「ほう。では今回の映画の脚本もそうしたものの一つだと？」

「それはどうだろう。今回はあまりに思い通りにならないことが多すぎた。かねてからの構想を取り出したというわけではなく、必要に迫られてどうにか捻《ひね》り出したと見るべきだろう。結果を見れば舞台設定と登場人物の配置で力尽きた感こそあるが、ここまでこぎ着けただけでも立派なものだ」

「その口ぶりでは彼女の構想をもう摑んでいるようだね」

アンデルセンはまぶたを閉じる。

「いや、仮説こそあるが決め手に欠ける。そんな状態で撮影に口を挟むわけにはいかん。せめてヒントがあればいいのだが……」

だが受付にそれらしいヒントが残っていなかった以上、この調査は行き止まりだ。

そんなアンデルセンの内心を見透かしたような顔でホームズがこう言う。

「では別の方向から攻めるとしようか」

「ホームズ、まさかおまえには他の手がかりが見えているというのか？」

「初歩的なことさ、ミスター・アンデルセン。実はあの肖像画が気になっているんだ」

「あれはモリアーティと式部の画像を加工したものだとばかり思っていたが……」

二人並んで写真を撮ったものを油絵風に処理し、額縁に入れれば一丁上がりだろう。しかしホームズはかぶりを振った。

「劇中でガルシアがまだ乾いてない絵の具の匂いがすると言っていただろう？　アドリブにしたって本当に匂いがしなければ、そんな台詞は出てこないとは思わないか？」

そう言われてアンデルセンの脳内に閃くものがあった。

「そうか、北斎《ほくさい》か！」

「ご名答」

ホームズは笑顔で肯く。

「ミス・式部が小道具である肖像画をミス・北斎に発注したのは間違いないだろう」

「葛飾《かつしか》北斎ならこの短期間で肖像画の一幅ぐらい余裕で仕上げてしまうだろうな」

考えてみればモリアーティがキャストに指名されてから特異点へレイシフトするまでいくらか時間があった。撮影に入る前に北斎に下絵を描かせて、冒頭部分の撮影中に仕上げさせれば本編の開始までには間に合う。

「ただ、乾燥させる期間まではどうにもならなかったというわけか……まさかとは思うが、北斎をあちらに送り込んで黒幕の肖像画家とやらに仕立てるつもりか？」

「いや。私はただ話を聞きたいだけさ。もっとも彼女が話の聞ける状態かどうかは解らないがね」

ホームズの指摘に、アンデルセンの背筋に寒いものが走った。

そういえばパラケルススが式部に渡した例の薬は二包……そしてもう一つの行方はまだ判明していない。

「……厭な予感がする。北斎のところに急ぐぞ」

そう言うと、アンデルセンは走り出した。


葛飾北斎の私室。駆け込んできた二人を北斎は快く招き入れた。

「どうしたんだい、藪《やぶ》から棒に。あんたらも父と子の絵でも描いてもらいに来たのかい？」

北斎の「あんたらも」という表現に手応えを感じつつ、アンデルセンは素っ気なく答える。

「悪いが、そんな冗談に付き合ってる暇はない」

実際、ホームズと並んで親子に描かれるのなんてご免だ。

「油絵ってのも奥が深くていいもんだね。気分がいいから、もう一枚ぐらい描いてみようかって思ったのさ」

北斎はそう言ってキャンバスの前に立つが、すぐに具合悪そうに頭を押さえる。

「あー、駄目だ。絵筆を握っただけで頭がくらくらしやがらあ。おかしいねえ。式部がくれた、疲れが吹っ飛ぶ薬を飲んだんだけど……まだ効き目が出ねえや」

「遅かったか！」

北斎は既に例の薬を服用済み、つまりいつ意識を失ってもおかしくはない。

「急げ、ホームズ！」

ホームズは肯くと、北斎にこう尋ねる。

「失礼、ミス・北斎。あなたが描いた肖像画について一つお尋ねしたい」

「ああ、あの絵かい？　いい仕事っぷりだったろう」

眠そうな気配を漂わせつつ、北斎は胸を張る。

「いい男といい女の絵を描いて感謝されるなんて、やっぱりかるであはいいところだねえ。それもあんな近くで眺めていいだなんて、こっちもやり甲斐《がい》があったさ」

「あなたの技量に疑いの余地はない。どこに出しても恥ずかしくない本物の仕事だ。それはそれとして発注者であるミス・式部から何か妙な注文はなかっただろうか。例えば……そう、やり直し《リテイク》があったとか」

「やり直しねえ……」

北斎は考え込むように目を閉じて腕組みをする。

「そういや、おれが下絵をさらさらっと描いてみせたら、『夫婦《めおと》っぽすぎる』って言われてねえ。だからおれはちょいと手直しして……」

大あくびをする。

「ふわあ……駄目だ……眠い」

北斎は突然床に両膝をつくと、前のめりに倒れ伏してしまった。そしてすぐに可愛らしい寝息が……。

「おい、まだ寝るな！」

アンデルセンは北斎の身体をゆするが、彼女にはもう起きる様子はなかった。

「起きろ……くそ、ここまでか」

「まあ、少しは収穫があったからよしとするべきだろう」

そう言うホームズの口調に悔しさはない。それどころか、何故か微笑んでいる。

「時にホームズ、おまえはやけに楽しそうだな」

「思うに任せない事件というのもたまにはいいものだよ。どんな難事件であれ、私が関わった時点で解決は約束されてしまうからね」

「なるほど、解決への道中を楽しんでいるわけか。こんな台詞、真の名探偵のおまえにしか許されないな」

ホームズがいる以上、いずれ真相には辿り着くだろう。だが、それが撮影後では意味がないのだ……。

アンデルセンはそんなことを思いながら、拝礼のポーズで眠っている北斎に視線を向ける。

「彼女をベッドに運んでやれ、ホームズ」

本のある部屋。そこにエリスとアントニオ、そしてローマが入室する。

「何ここ？　カビ臭い……」

エリスは鼻を覆う。

「どうやら資料室のようだね」

「これもコルテスの遺産の筈だ」

「え、どういうこと？」

アントニオは苦々しげな表情で説明を始める。

「現政府の人間はみな聖人君子のような顔をして知らぬ振りを決め込んでいるが、十年前の混乱期には火事場泥棒のような真似をした人間が沢山いたものだ」

「その一番の泥棒がコルテスなんでしょ？　国を丸ごと奪ったようなもんだし」

「無論そうなのだが、あの男が他の悪党と違ったのは、他の人間が即物的な欲望を満たしている間に淡々とそいつらの薄汚い行為の証拠を拾い集めていたことだ。全ての証拠があるわけではないだろう。ただ、『あの男はあらゆる不正の証拠を握っている』と政府関係者に思わせればそれで充分だ。そうだろう、ローマ？」

アントニオの説明にローマは肯いてみせた。

「一つ一つ丁寧に解説する気にはなれませんが、まあ、概《おおむ》ねそんなところですよ。新政府の人員配置が比較的すんなりと進んだのも、あの人が初代大統領になれたのも、あんな裏技でもなければ不可能だったでしょうね」

エリスは怪訝《けげん》そうな表情を浮かべてローマに尋ねる。

「でもアンタはそのコルテスから信頼されていたんでしょ。新政府に残ってれば美味しい思いできたんじゃない？」

その問いかけにローマは苦笑いで応じた。

「僕はあの人のやり口をよく知っている。取り込まれて、身動きが取れなくなるのがオチさ。そして彼は自分の本心を決して見せない人だった。僕はそれがおっかなくてね。下野したと言えば格好いいけど、ただあの人から逃げただけだね」

エリスは周囲を見回す。

「この部屋を調べたら事件の裏とか解ったりしない？　こんなに沢山の資料、私は調べる気にもなれないけど」

「この部屋には鍵がかかっていなかった。そんなに値打ちのあるものはなさそうだね」

「……隠し扉とかもなさそうね。期待して損した」

軽く落胆するエリスに、ローマは唐突にこんなことを尋ねる。

「エリスさんと言ったね。失礼だが、君にお兄さんはいるかな？」

エリスは憤怒の色を露わにしてローマに食ってかかる。

「はあ？　いきなり失礼じゃない？　なんで家族のことをアンタに言わないといけないのよ」

「いや、忘れてくれ。若い女性を見かけるとそう尋ねるのが癖になってるのさ」

だが謝るローマに向かってアントニオは突然口を開いた。

「少なくとも我の知る限りエリスは一人っ子だ。十になる前にはもうステージに立っていた」

「ちょっと！　何もそこまで話さなくたっていいでしょう」

突然、個人情報を明かし始めたアントニオにエリスは慌てる。

「更に言ってしまえば我とエリスは叔父と姪ではない。もっと遠い親戚関係だ。十年前、宮廷音楽家ではなくなった時、自分で食い扶持を稼がなければならぬと強く感じた。そのために我はエリスの歌声を求めた。そしてエリスも我の曲を求めた結果、我々はここまで登り詰めた。そういう関係だ」

エリスは呆れた顔になっていた。

「っていうかこの男が犯人かもしれないのに、よくもこんなに喋るわねえ」

「じゃあ、僕の身の上話もしようか。実はダイゾー・オカって人の行方をずっと探してるんだ。ナダイ・ナーダ王国軍の伝説の暗殺者だ」

アントニォは何かを知っている表情で肯く。

「一介の兵士でありながら、誰よりも恐れられた男だ。我も王宮ですれ違った時、恐怖で背中に汗を掻いた。それだけ殺気に満ちていた」

「そんなに強い人だったらどこかで生きてるんじゃないの？」

ローマはかぶりを振る。

「あの人はそういう感じじゃないんだよね。それに金のために人を斬り殺せる人間が、簡単に社会に適合できるとは思えないんだ。それなら落城時に百人斬りを達成して死ぬ方が似合っているさ」

「しかしその手の武勇伝はとんと聞いたことがない。人の口に戸は立てられぬと言うからな。特に武勇伝の類はな」

「だから謎なんだ。守るべき妹さんもいたし、あれほどの暗殺者が大人しく殺される筈もない」

「最強の暗殺者は何故消えてしまったのか……新たな謎が現れてしまったな」

「個人がどんなに活躍しようと、都合が悪くなれば簡単に切り捨てられるでしょ。消される時は容赦なく消されるわ」

ローマは封筒を見つけ、手を伸ばす。

「んん、これは……」

「何か見つかったの？」

「もしかしたら僕が探していたものかもしれない。もう少しじっくり時間をかけて調べてみるよ」

そう言うとローマは封筒を小脇に抱える。

「さあ、戻ろう」


大広間で小休止を取っているとオジマンディアスが声をかけてきた。

「時に立香よ、余にとても良いアイデアがあるのだが」

「本当ですか？」

思わずカメラから目を外して、返事をしてしまった。

オジマンディアスは近くにいたサラザールを引っ張ってくると、こう提案した。

「このサラザールを、冒頭に出てきたダイゾーということにしてしまうのはどうだろうか？」

サラザールとダイゾーは全然似ていない。だが撮影時、ダイゾーは笠を目深に被っていた。ならば押し通せなくもない。

「確かに以蔵の顔が映っていれば苦しいが、幸いにして隠れていたからな。それを利用してしまおうというわけだ」

「ダイゾーというのはタン将軍の部下の暗殺者でしたよね」

「趨勢《すうせい》が決しても自身の敗北を認めようとしなかった男だ。そなたがダイゾーだとしたらどうする？」

サラザールは少し困ったような表情になる。

「私自身は敵ならば誰彼構わず斬れるような人間ではないのですが……」

「違う、そなたはもうダイゾーだ。もっと役に入り込むがいい」

悩むサラザールをオジマンディアスが叱咤する。

「そうですよね。私ならば……意味の無いことだと思いつつも、可能な限り、敵を殺そうとするかもしれません。しかし個人の努力には限界があります。やがてダイゾーは重傷を負って……一命を取り留めたものの、記憶を失っていた……とまあ、こんな感じでしょうか」

サラザールもだんだんその気になってきたようだ。

「そうだ。記憶は失っても、身体に染みついた技術は簡単には消えない。ミゲルは時間をかけて、記憶喪失のダイゾーを自分を守る番人に仕立て上げたというわけだ」

オジマンディアスの補足で、サラザールは更に饒舌になる。

「私は元暗殺者……なんだか、そんな気がして参りました。そう、私はナダイ・ナーダ王国の暗殺者だった。だから、何かの拍子に王室に仇《あだ》なしそうな者を暗殺しようとしてしまう。ワイングラスに毒を入れたのも発作のようなものだったが、不幸なことに主人を殺しかける羽目になった」

「いいぞ！」

「だけど、その殺人未遂の記憶が事あるごとにフラッシュバックし、私を苦しめる。この苦しみから逃れるために、私は衝動的に新たな暗殺を考えてしまう」

「あっという間にらしい設定に仕上がったな」

聞いているアーラシュも楽しそうだ。

「記憶は失ってしまっても、私の中で革命軍との戦いは終わっていなかったのでしょう。何かの拍子に過去の衝動が甦《よみがえ》っては、国の敵と思しき人間を殺したくなる……」

「おっ、じゃあガブリエラに毒を飲ませたのも、誰かを殺そうとして失敗したってことにできるな」

「そしてそんな哀れな忠臣に、ナダイ・ナーダの最後の王子たる余自ら引導を渡してやるわけだ。派手な殺陣の末、サラザールを仕留めるバルガス……余はサラザールの忠義を称えつつ、奴を看取る。そして目を覚ましたガブリエラにそっと正体を明かし、またバルガスは世直しの旅に出る……最高ではないか！」

まあ、式部がいつ目を覚ますかまでは解らないが、この特異点の消滅までに間に合えばよし、間に合わなくても一応の格好はつく。

「でもあれだな。サラザールと戦うのにファラオの兄さんと二人がかりだと卑怯な感じがするな」

アーラシュの意見ももっともだ。絵的にも緊張感が失われそうだ。一対一の戦いの方が良い。

そこに突然、話を聞いていたと思しきシェイクスピアのホログラフが出現する。

「言われてみればその通りですね。ではこうしましょう。ガルシアはガブリエラを守るために一人残り、バルガスとサラザールは薬を取りに倉庫へ行く。そこでサラザールが暗殺者の記憶に苦しめられて……という展開にしましょう。これなら自ずと殺陣も一対一になります」

「だったら何か記憶が甦るきっかけのようなものが欲しいですね……」

マシュがそう言うと、サラザールはしきりに肯く。

「確かに。前振りもなしに突然記憶が甦っても見てる方々には解りづらいですからね」

「戦のただ中で記憶を失ったというのなら、何か戦を象徴するようなものがあればいいのだが……」

「……大砲の音とかどうかな?」

オジマンディアスの言葉にそう提案したのは龍馬だった。

「まあ、僕や以蔵さんだったら反応するって話なんだけど」

「でも倉庫に大砲っておかしくない？　なんで、薬がある倉庫で大砲の音がするのよ」

「だったらこういう展開はどうでしょう。薬を探していたら、不注意で瓶を落としてしまうんです。で、瓶には危険な薬品が入っていて、衝撃で爆発する……その音が大砲にそっくりだったため、サラザールの記憶が甦るんです」

説明しながらマシュの顔はどんどん赤くなっていった。自分でも流石に無理があると承知しているのだろう。

だが、サラザールは満面の笑みで肯いていた。

「私は良いと思いますね。とても素敵なアイデアです、お嬢さん。何なら瓶を落とす役もやりましょう」

「ははっ、決まりだな！」

オジマンディアスが叫ぶ。演者たちに異存がない以上、何も問題はない。

そこにホログラフのシオンが現れる。

「大砲の音ならナポレオンが快く録らせてくれました。すぐにそちらにデータを送ります」

「ではサラザール君が瓶を落としたら、私がすかさず大砲の音を鳴らすとしよう」

モリアーティは撮影助手として義務を果たす気満々のようだった。

「そうと決まれば善は急げだな。早速、撮影に入るとしよう」

アーラシュに促されて、オジマンディアスもサラザールも式部が眠っている部屋へ向かって駆け出していった。

ついていこうと思ったのだが、ふと目の前にいるキャストたちから何か名状しがたい感情が発せられているような気がして、足が止まってしまった。

あれは……みんな本心ではこの計画に納得してないってことかな？

「じゃあ、私たちも行こうか？」

モリアーティに肩を叩かれて、ようやく移動することにした。


ガブリエラの部屋、ガルシアとバルガス、そしてサラザールの三人が彼女を見守っていた。

「あっ、そういえば……」

ガルシアが何かを思い出したように口を開く。

「お医者の先生からガブリエラに飲ませる薬を取ってくるように言われてたんだった。サラザールさん、すまねえが案内してくれねえか？」

「それでしたら、私が倉庫まで取りに参りましょう」

「いや、行くなら私と二人でだ。万が一ということもある」

バルガスはサラザールの申し出に異議を挟んだ。

「……そうですか。では一緒に参りましょう」

信用されていないと思ったのか、サラザールはどこか哀しそうだ。

「誤解するな、お前を疑っているわけじゃない。ただ、互いに証人になっておく方が得だろう？」

「確かに二人で行けばどちらかに何かがあった時に疑われるのはもう一方、滅多なことはできない……」

サラザールは得心が行ったように肯く。

「失礼致しました。では参りましょう、バルガス様」

出て行く二人をガルシアは笑顔で見送った。

「おう、気をつけて行ってこいよ。何があるか解らねえからな」


鳴鳳荘の倉庫。バルガスはサラザールの先導で倉庫内を進んでいた。

「無闇矢鱈《やたら》と広いな、ここは」

「避難用のシェルターも兼ねているのですよ」

バルガスの疑問にサラザールが答える。

「いつ何があるか解りませんからね。備えあれば憂いなし、食料も医薬品も充分な備蓄がありますす」

「して、頼まれた薬はどこにあるんだ？」

「こちらの棚ですよ。あっ！」

バルガスの方を見ながら薬品の棚を漁《あさ》ったせいで、瓶が一本棚から転げ落ちた。叩きつけられた瓶は耳障りな音を立てて割れ、即座に爆発する。大砲の発射音のような轟音が聞く者の耳をつんざいた。

「うう、頭が……」

サラザールは頭を抱え、しゃがみ込んでしまった。

「おい、どうした？」

心配したバルガスがそう尋ねると、サラザールはゆっくり顔を上げ、こうつぶやいた。

「私は……思い出したぞ……」

ここまでつつがなく撮影助手の仕事をこなしてきたモリアーティは、迫真の演技で苦しむサラザールに指示を出す。

「よし、サラザール君……ここで暗殺者モードだ」

「もっと小さな声で言って下さいね」

外野からの声は編集で消せるとしても、役に没入しているキャストの演技に悪影響を与えかねない。

サラザールは腰に下げていたサーベルを抜き放つ。これからまさに殺陣が始まる気配……

だが、妙な違和感があった。

そう、あまりにもサラザールの殺気が高すぎるのだ。

「大丈夫か、サラザール？」

打ち合わせ通り、オジマンディアスはサラザールを案ずるように近寄る。

「私は……そんな名前ではない！」

そう吠えると、サラザールはオジマンディアスの身体をサーベルで一閃した。オジマンディアスの身体に赤い筋が走ったかと思うと、そこから血が噴き出る。

「……この無礼者！」

オジマンディアスも深手を負ったわけではないようで、すぐに臨戦態勢に入る。だがサラザールの耳に外野の言葉は届いていないようだ。

「があああああ！」

サラザールは近寄らば斬るとばかりにサーベルを振り回す。その様子にあの紳士的な物腰は欠片も見られない。

「どうやら正気を失っているみたいだね」

そう言ってモリアーティが加勢しようとする。だが、オジマンディアスは手で制止した。

「一人で充分だ。貴様らは余の戦いぶりをカメラに収めておけ」

サラザールのサーベル捌《さば》きは見事なものだったが、それでも宝具も出さずにオジマンディアスと戦うのは無謀だったようだ。あっという間に形勢は逆転した。

「いつまで寝ぼけているのだ！」

オジマンディアスの攻撃で吹き飛ばされたサラザールは壁にしたたか叩きつけられ、正気を取り戻したようだった。その瞳には狂気の色はもう既にない。

「……失礼、大変取り乱しました」

「ようやく落ち着いたか」

オジマンディアスは至って冷静に、サラザールの身を案じた。

「しかし大砲の音でそこまで取り乱すとは、よほどの目に遭《あ》ったようだな」

「ええ、私は大砲の直撃を受けて命を落としましたからね」

そう言うと彼は居住まいを正し、頭を下げる。

「おっと、申し遅れました。私の名前はバーソロミュー・ロバーツです」

バーソロミュー・ロバーツ。エドワード・ティーチなどと並んで大航海時代を代表する海賊ではないか。

「他の海賊さんたちに比べると、とってもお洒落《しゃれ》だったので気がつきませんでした」

「お嬢さん、嬉しいことを言ってくれますね」

バーソロミューは満更でもないという表情を浮かべる。

「というか、ティーチ君に面通しをお願いすればすぐ解ったことだったね。今更だけど」

「……あの男もそちらにお邪魔しているのですか」

バーソロミューは苦虫を噛み潰したような表情を浮かべる。それだけで二人の関係がうかがえるというものだ。

「平時ならまだしも、この状況だ。まあ、詮無《せんな》きことだな」

ふとバーソロミューを見ると、霊基《れいき》の消滅が始まっていた。

「バーソロミューさん？　身体が……」

だがバーソロミューに慌てた素振りはない。

「お嬢さん、どうかお気になさらず。どのみち、私はこの特異点と共に消える運命でしたから。元より燃えがらのような霊基が、今の戦闘でただ燃え尽きただけです」

「貴様とはここでお別れか。短い間だったが、楽しかったぞ」

バーソロミューは満足げに微笑む。

「マスター……ただ無為に消えて行くだけだった私に新しい役目を与えて下さったことを心から感謝してます。しかしあなたにとっての障害を残して逝くことになってしまい、申し訳ない気持ちで一杯です。どうか志半ばで去ることをお許し下さい」

それからバーソロミューは更に言葉を探して、こう告げる。

「そうですね……強いて言えば映画の完成を見届けられなかったことだけが心残りです。いつかあなたたちと再会できたその時は見せていただけると嬉しいですね。それではみなさん、そして素敵なお嬢さん……おさらばです」

そしてバーソロミューは消滅した。最後まで伊達男っぷりを貫き通したところに彼の矜《きょう》持《じ》を見た気がした。

「うーん、どうも困ったことになったね」

モリアーティが弱ったように首を捻る。まあ、バーソロミューの消滅によって撮影計画に影響が出てしまうことは確実だろう。

「でも正気を失ったサラザールがバルガスに襲いかかるシーンは撮影できていた筈です。それを上手く編集すれば……」

モリアーティは身振りで否定した。

「はたしてそうかね？　サラザールが自分の正体や犯行動機を口にしてバルガスに襲いかかるというシーンがない以上、当初の構想通りには決して仕上がらないだろう。東洋風に言えば、画竜点睛《がりょうてんせい》を欠くというやつだね」

「……致し方あるまい。別のクライマックスを考えなければ」

オジマンディアスは腕組みをして悩んでいた。

「ところが話はそう簡単ではないのさ。サラザールがバルガスと一緒に倉庫へ薬を取りに行くシーンはもう撮ってしまった。素直に考えれば……サラザールを殺した犯人はバルガスになる」

「なんだと？　いや、確かにバルガスが殺したのだが……」

オジマンディアスは困惑していた。

「あのシーンをなかったことにするという手もあるにはあるが……決して良くはないね」

「なんの前振りもなく、サラザールの死体が見つかるのも変ですからね」

「更に付け加えると、サラザールとバルガスの相討ちの絵は撮れている。乱心したサラザールに斬りつけられたバルガスが力を振り絞って反撃したものの両者死亡……こういう筋書きならまあ次に繋がるが、いかがかね？」

「すると何か？　余が犯人になるか、ここで退場するかの択一だと？」

モリアーティは撮影助手の役割を果たすためか、無慈悲にそう告げた。

「残念ながら、そういうことになるね。最初から撮り直すなんて論外だろう？」

「式部さんも目覚めていませんものね……」

ガブリエラとサラザール抜きで撮影を再開したところで、脚本がない以上もう別物だ。無論、代役を立てるというやり方もできなくもないが、そうなると肖像画は使えないし、式部の希望に添った話ではなくなるだろう。

「なんということだ……よもやこんな幕切れとは」

オジマンディアスは落胆の色を隠そうともしなかった。彼も彼なりに撮影を楽しんでいたのだろう。

「仕方があるまい。映画の完成が第一だ。犯人になって延命するという手もあるが、さほど愉快な展開にはなるまいな。潔《いさぎよ》くバルガスの死を受け入れよう」

「ちょうどイシドロとアドリアナのパートが足りなかったところだったんだ。早速、二人に死体と犯行現場を調べさせよう。そうだね、マネキンと楽屋に残っている衣装を使えば、サラザールの死体をでっち上げることは可能だろう。あ、勿論オジマンディアス君はそのまま床に倒れてくれたらそれでいいからね」

「よもやクランクアップが死体の役とは……どこまでもままならぬものだな」

不本意そうに床に伏せるオジマンディアスの姿を想像して、気の毒だが少しだけ笑ってしまった。

「検死シーンでの推理はどうしましょうか。わたし、特に何も浮かんでないんですが……」

「んー、通り一遍の推理でいいよ。ここまでやってきたみたいにアドリブでさ。サラザールがどうしてあんな凶行に及んだのかは、ひとまず解決編まで保留しよう。なに、困ったら真犯人に押しつけてしまえばいいのさ。じゃあ、さっさと撮影に戻ろうか？」


みなが倉庫に突入すると、床にはバルガスとサラザールが倒れ伏していた。

「バルガス……おい、嘘だろう？」

ガルシアがバルガスの身体に駆け寄る。そんな中、ローマはゆっくりと二人の身体を検《あらた》め、かぶりを振る。

「二人とも既に死んでるね。見事な相討ちだ」

「どっちが先に仕掛けたのかしら？」

「あいつがそんな卑怯な真似をする筈がない！」

エリスの疑問にガルシアが激昂《げっこう》する。そんなガルシアを慰めるように、ローマが所見を述べる。

「うん、バルガス君の背中に傷がある。おそらくは背後から斬りつけられたのだろう」

「本来はバルガスを一撃で殺して、死体をどこかに隠すつもりだったのかもしれんな。だが仕留め損なって戦闘になった……」

アントニオの言葉に、ガルシアは顔を伏せる。

「あいつが十全の状態なら、数人がかりでかかっても倒せやしないさ。助からないことを解ってて、本気で戦ったんだな」

薬品の棚の近くにある焦げ跡を調べていたアドリアナがみなにこう告げる。

「二人が争ったはずみで、劇薬の入った瓶が落ち、爆発音がしたのではないでしょうか」

「その時点でもう、サラザールは言い逃れのできない状況になってたわけね……だったら生きててくれた方が話が早かったんだけど」

アドリアナが探偵助手らしいことをしている一方で、イシドロは直立不動で立っているだけだった。

「ところで探偵さんはやけに静かかね」

「せ、先生は〝眠りのイシドロ〟の異名を持つ方で、推理する際はもの凄く静かなんですよ」

エリスの嫌みにアドリアナが慌ててフォローを入れる。そしてイシドロも助手の尻馬に乗る形でようやく口を開いた。

「……その通りです。こうしている間にも私の頭脳はあらゆる可能性をめまぐるしく検討しています」

「さっきは死神のイシドロじゃなかった？」

「……眠りと死は兄弟と言います。眠りのイシドロと死神のイシドロは表裏一体なのです」

「だから、勿体ぶらないで言いなさいよ」

エリスが苛立った口調でそう言うが、イシドロは動じない。

「ここでは言えません。犯人が聞いてますからね」

「ほう、ということはこの中に犯人がいると？」

ローマの質問をはぐらかすようにイシドロは笑う。

「ご想像にお任せします。ただ、これだけは言えます。このイシドロ・ポジオリに解決できない事件はありません。どうか大船に乗った気でいて下さい」

管制室。シェイクスピアは撮影の模様を眺めながら口の端を歪める。

「物語にハプニングはつきものと言いますが……こんな展開になるとは思ってもみませんでしたな」

劇中でイシドロが大見得を切っていたが、直後のトリスタンの様子を見る限り、冴えた推理を思いついているようには思えない。

「この続きを撮るの、流石に厳しくないかしら？」

シオンが案ずるようにつぶやく。

いや、シオンが心配しているのは魔力リソースの回収のことかもしれない。そう思いながら、アンデルセンは口を開く。

「最悪、俺たちで物語を閉じることも考えないといけないな」

「確かにそうですな。吾輩は今の内に紙とインクの補充をしておきましょう」

シェイクスピアは管制室から出て行った。それを見届けると、アンデルセンは近くにいたホームズに語りかけた。

「なあ、ホームズよ。一つ引っかかっている点があるのだが」

「なんだろうか？」

「こんなものは後知恵だが、先の北斎への事情聴取……最初からモリアーティに尋ねれば良かったのでは？」

北斎がモリアーティと式部を直接見て下絵を描いたというなら、北斎と式部が眠ってしまっていても話を聞く相手がまだ残っていたではないか。

「いみじくもおまえが証明したように、式部が倒れたのは不幸な事故だったのだろう。ならばモリアーティは今回の件に関してはシロ、ただの参考人だ。おまえたちが不倶戴天《ふぐたいてん》の敵というのは承知しているが、それでも今回に限れば奴も隠蔽《いんぺい》したりはしなかった筈だ」

ホームズは少しだけ不機嫌そうに肩をすくめてみせた。

「だったら私たちが調べるよりも前に、肖像画の件を口にするべきだったとは思わないか？」

「確かにそうだな」

円滑な撮影を考えるなら、肖像画のリテイクの話は真っ先に開示するべき情報だろう。

「それを一人で握って、ニヤニヤと様子見しているのが気に食わないのさ。たとえ糾弾したところで『ああ、忘れていたよ』と言って済ませられるからね」

アンデルセンはその説明に納得しかけたが、まだ不可解な点が残っていることに気がついた。

「だがホームズ、おまえの本音は解ったが、それは尋ねなかった理由にはなってないぞ」

「説明して納得してもらえるかどうかは解らないが……」

そう言いつつ、ホームズは説明を始める。

「私は探偵たるもの、形ある謎ならばなんであれ解けなければおかしいと思っている」

「どうした、藪から棒に。まあ、おまえに解けない謎はないだろうが」

「だが謎を摑む前の段階がある。先入観に囚われることなく、虚心坦懐《きょしんたんかい》に事実を見つめて、些細な違和感を察知する……そうやって丁寧に疑うことで事実は輪郭《りんかく》を得て謎になる」

「つまり謎というのは疑うことで生まれるわけか」

「ああ。しかし裏を返せば、疑えないことは考えようがない。そして探偵に正しく疑わせないという点でジェームズ・モリアーティほど厄介な犯罪者はいないんだ」

「あんなに怪しい男がか？」

確かに市井《しせい》に紛れていてもおかしくはない外見だが、カルデアではもう正体は知れ渡っている。疑おうとすればやることなすこと全て怪しく見える。

「怪しすぎるのも問題だ。どの程度疑えばいいのか解らなくなる。正しく疑えないのだ。そもそもあの男が長らく裏社会に君臨し続けられたのも、容易には疑われない場所に身を置いていたからだよ。19世紀のロンドン、奴は他人に犯罪計画を授ける一方で、自身の気配は周到に消し続けた。さしもの私も、あの男への疑いが確信へと変わるまでは相応の時間を要した」

「それほどまでに気配がなかったということか」

ホームズは静かに肯く。

「今、あの男を問いただすのは簡単だ。だがそれは私の疑い方や考え方を晒すということでもある。できれば、あの男に私の思考の癖を学習させたくない。いつ何時あの男が敵に回るか解らない以上はね。あの男が関わっている事件を捜査するなら、なるべく触れずして、謎を摑むしかないのだよ」

「疑うことで謎が生まれ、疑えないものは謎にすらならんというわけか。面白い」

それにしても名探偵と犯罪王……まったく難儀な関係だな。

突然、特異点側から通信が入り、トリスタンのホログラフが管制室内に浮かび上がった。だがその顔は焦燥しているようにも憔悴しているようにも見えた。

「おや、ミスター・トリスタン。どうかしたのかね？」

「ホームズ殿。どうかこのトリスタンに一つご教授いただきたい。探偵とは一体、どのように推理をするのですか？」

それはなかなかに根本的な問いかけだった。まあ、トリスタンがそんなことを尋ねる理由は解らなくもない。

「紫式部の脚本通りに演じさえすれば格好がつくと思って引き受けたのはいいのですが……結局はなかなかそれらしいことが言えずに、目下カカシのような存在になり下がっています」

「カカシか。上手いこと言うな」

思わず笑ってしまう。トリスタンには悪いが、心の底から出てきた表現は聞いているだけで楽しい。

「笑い事ではないのです。不慮の事故とはいえ、私のカカシぶりは映画として残ってしまうのですから」

道化を演じて、伊達男ぶりに傷が付くことを恐れているというわけだ。

だがそんなトリスタンにホームズは無慈悲な言葉を投げかける。

「なるほど……ミスター・トリスタン、あなたの悩みは解った。だが敢えて言おう。あなたが私のように推理することは不可能だ」

「そんな……」

絶望の色を浮かべたトリスタンに、ホームズはすぐ微笑みかける。

「おっと、誤解しないで欲しい。ちゃんとアドバイスはする。ただ、私の推理は辻褄《つじつま》合わせには向いてないんだ。私が辿り着くのは真実だけだからね」

「はあ……」

トリスタンは感心したような、よく解っていないような返事をする。

「名探偵ジョークだ。流せ」

そんなアンデルセンの言葉をホームズは心外そうな表情で聞いていた。

「さてミスター・トリスタン、あなたはどんな推理をしたいのかな？」

「それは……当然みなから感心されて、その上面白い推理です。ただ、そこに至る筋道が解らないのですよ」

「発想を逆転しよう、ミスター・トリスタン。先にゴールを決めて、筋道は後から見つけるんだ」

　しかしトリスタンはピンと来なかったのか、曖昧な表情になっていた。それを見てとったホームズは話を再開する。

「まず、『こうだったらいい』という真相を決める。これはなるべく面白い方がいい。そして次にそのゴールに都合の良い手がかりだけを拾い集め、そぐわないものは努めて無視する。それで多少辻褄の合わない推理が生まれても、とびきり面白い真相ならみな納得するだろう」

　ホームズの話を聞いていたアンデルセンは思わずメモを取りそうになった。つまり先に面白そうなストーリーを練ればいいという話で、これはまさしくミステリーを書く際の参考になるからだ。

「まあ、このやり方を警察や検察がやったら大問題だが、これは答えのない映画の撮影だからね」

「おお……ありがとうございます。お陰で目から鱗《うろこ》が落ちました」

　トリスタンは何度も頭を下げた。ホームズに心から感謝しているようだ。

「まったく、そんなことで悩んでいたとはな。思いつきレベルでいいなら、ネタを分けてやろうか？」

だがトリスタンは首を横に振った。

「その申し出はありがたいのですが、実はちょうど面白そうな真相を閃いたところです」

そう語るトリスタンの表情には自信のようなものが漲《みなぎ》っていた。素人だからネタの水準はそう高いものは望めないにせよ、自信があるというのは悪くない材料だ。

「なるほど。だったら他人の創作行為に口を出すのは野暮というものだ。楽しみに待つとしよう」

「ええ、必ずや期待に応えてみせましょう。それではこれで」

トリスタンのホログラフが消える。

「探偵役がやる気を出してくれたのは良いことだが、あの男が物語を綺麗に畳《たた》めるかどうかは怪しいものだな」

ホームズはアンデルセンの言葉を肯定も否定もしなかった。

「……いずれにせよ、ミス・式部が目覚めない以上、我々にできることなど何もない。ここからは観客気分で見守ろうではないか」

ホームズはどこか愉快そうに言うと、最後にこう付け足した。

「それに……今の私の話を聞いていた者が他にもいたとしたら、まだまだ面白い推理が出急に話しかけてきた。

「マスター、折り入って相談があります」

ここからの撮影をどうするかをモリアーティとマシュと相談していたら、トリスタンが

てくるかもしれないだろう?」

「どうしたの?」

モリアーティもマシュも会話を中断して、トリスタンの言葉に耳を傾けている。

「不肖トリスタン、どうやらこの映画を綺麗に解決する算段がつきそうなのです」

それはありがたいが、

「そうですね……あと三十分もあれば、上手く考えがまとまりそうです」

「本当ですか?」

嬉しそうに叫ぶマシュにトリスタンは鷹揚《おうよう》に肯いてみせた。

「あなたに出番を取られてばかりでしたからね。ラストは私が美しく締めますよ」

「それは楽しみです。では、みなさんにも伝えておきますね」

そこにホログラフのシオンが現れて口を挟む。

「どうせならトリスタンだけでなく、他のキャストからもアイデアを募りなさい。どうせ撮るなら、面白いにこしたことはないしね?」

アーラシュの考察

三十分後、一同は大広間に集まっていた。本来はトリスタンのアイデアのお披露目の場だった筈なのだが、みなの目にギラギラとした輝きがあった。

「そういうことでしたら、どなたかお先にどうぞ」

するとアーラシュが手を挙げた。

「おう、マスター！　俺に一つ考えがあるんだが」

「突然どうしたの？」

そうは言ったものの見当はついている。ホームズが教えてくれたように、映画の結末を推理してくれるのだろう。

「いや、不意に思いついたことがあってな。確かにバルガスが退場しちまったことで、ファラオの兄さんのやりたかったネタは使えなくなっちまった。だけど、まだあのネタは死んじゃいない。ちょっと見方を変えれば蘇るんじゃないかって。あれだ。まるでフェニックスのように、な！」

そんなアーラシュの提案をオジマンディアスは驚愕の表情を浮かべて聞いていた。

「貴様、そこまでして余のことを」

アーラシュはニカッと笑ってみせる。それにつられてか、オジマンディアスの顔も和らいだ。

「あの……バルガス氏を蘇らせるんですか？　劇中では、もうどうやっても無理そうですけど……」

マシュの疑問はもっともだ。龍馬も同意するように首を縦に振る。

「バルガスの死体は僕が検死しちゃったからね。ああ、ローマが嘘をついていたってことにするのかな？」

だが、アーラシュは手を振って否定する。

「違うさ。バルガスはもう生き返らないものとする。そもそもローマがわざわざ嘘をつく理由なんて、思いつかねえしな！　俺はこういうややこしいことを考えるのに慣れてないから、もっとシンプルにいこうと思ってさ。そうだな……敢えて言うなら、俺の推理はファラオの兄さんと紫式部の気持ちを汲んだものだな。取り立てて突飛な内容ではないけれど、割とみんな納得してくれるんじゃないかなって。ある意味ではこの場で最初に披露するのに丁度いいという気もしてる」

「余をいつまで焦らす気だ。そろそろ本題に入るが良い」

「ははっ、悪い悪い。じゃあ、照れ臭いが俺の推理を聞いて貰おう。ところでファラオの兄さんに質問だ。紫式部が俺たちに役の説明をする際になんて言ったか思い出せるかい？」

オジマンディアスは顎に手を当て、記憶を辿る素振りを見せた。

「余を愚弄《ぐろう》するか。あの時、紫式部は……」

そこまで言いかけて、オジマンディアスは得心が行ったかのようにニヤリと笑う。

「まさか……そういうことか！　とんでもないことを思いついたな、アーラシュよ」

「あの、オジマンディアスさん？　一体、どうしたんですか？」

おずおずとマシュが尋ねる。実際、オジマンディアスの上機嫌の理由が見えないのはこちらも怖い。

「この酩酊感と高揚感……これまで味わってきた美酒にも勝るとも劣らない。まだ余韻を味わっていたい。もうしばらく余を邪魔してくれるな」

ジャンヌ・オルタはそんなオジマンディアスを呆れた様子で眺めていたが、すぐに推理に加わる。

「紫式部の説明なら、私たちも聞いてたわ。確か『ナダイ・ナーダ王国の王子とその従者』って……」

ジャンヌ・オルタはそこまで言いかけたが、すぐに何かに思い至ったような表情になる。

「あっ、もしかしてそういう解釈？」

立て続けに二人も正解に至った者が出てしまったためか、アーラシュは苦笑いをしていた。

「なんだ、もう解っちまったか。やっぱり浅知恵だな」

「いえ、できればアーラシュさんの口からはっきり言っていただけないかと……」

「お嬢ちゃんは優しいね。じゃあ、改めて。紫式部は俺たちを『王子とその従者』と説明した。まあ、普通に解釈すれば俺が従者で、ファラオの兄さんが王子だろうよ。実際、俺たちもそのつもりで演じてきた」

「はい……あっ！　もしかして！」

マシュもようやく気がついたようだ。

まあ、そこまで言われたら流石に気がつくよね……。

「はは、そうさ！　この際そいつをひっくり返しちまったらどうか、ってな！　王子が俺で、ファラオの兄さんが従者！　あべこべさ！」

なんという逆転の発想！　だが、これで王子について考えたアイデアは無駄にならないかもしれない。

「十年前、王宮を命からがら落ち延びた二人は手を取り合いながら生き、共に立派な青年に成長する。おそらくはお尋ね者の身分ではないものの、万が一ということもあります。だから二人は対外的に主従を逆に見せかけた……つながりますね」

「なっ、悪くないだろ？」

トリスタンの言葉にアーラシュは同意する。だがジャンヌ・オルタは不満そうだ。

「百歩譲って、アンタが王子様だったとしましょう。だけどガブリエラとサラザールの件はどうするの？　それに肖像画家《ポートレイヤー》の存在にも辻褄を合わせないといけないし……」

「あれはノリみたいなものなので……なかったことにして下さい」

マシュはあの時を思い出して恥ずかしくなったのか、そんなことを言う。

「その点なら抜かりはないぜ。サラザールは最初からバルガスを殺すつもりだったんだ。そのためにグラスに毒を仕込んだ。ところが蓋を開けてみれば毒入りグラスを取ってしまったのはガブリエラだった。暗殺は失敗、やむなく二人きりになったところで実力行使に出たものの、相討ちに終わった……」

「しかし我にはサラザールがあのような行為に出た動機が見えないのだが……」

「それも簡単だ。サラザールは暗殺を命じられただけだ」

サリエリの疑問にアーラシュは答える。だが、今度は龍馬が不可解そうにしている。

「ふうん。だけどサラザールの主人はガブリエラだったよね。ターゲットの暗殺に失敗したばかりか、逆に主人を殺しかける。おまけに最後は相討ちで退場するなんて、随分と間抜けな暗殺者じゃないか」

「まあ、あのタイミングで降板した以上、どう扱われても仕方ないとは思うけど」

死人に口なしではないが、バーソロミューに全て押しつけることになるのか……。

だがアーラシュは首を横に振る。

「おいおい、そんなひどいことするつもりはないぜ。黒幕はガブリエラじゃない。また別の人間だ。それも結構、意外な人物だ」

「……もしかして、私ですか？」

「ええっ？」

唐突にそんなことを口にしたトリスタンにマシュは驚く。

「確かに探偵が犯人というのは意外性がありますが。いけません。ニヒルな演技をするための準備がまだ……」

トリスタンは両腕で自分の身体を掻き抱いて葛藤していた。そんな様子をアーラシュは眺めて笑う。

「ははは、そいつも面白そうだな」

アーラシュがそう言うと、トリスタンは恥ずかしそうにポロンと竪琴を鳴らした。

「こいつは録画データを観て気がついたんだけどな。冒頭のシーンを撮り終えて、紫式部がお疲れ様と言ったのはあのタジマのじいさんとオカダの兄さんだけ……モリアーティの旦那には言ってなかったんだ」

「あ……本当です！」

マシュは感心した声を出した。

「モリアーティの旦那にはまだ撮影の機会が残っていた……つまり紫式部はミゲルの再登

場を想定していたとは考えられねえかな？」

「ということは、ミゲルはまだ生きてると？」

「葬式までやっておいて？」

龍馬の疑問にジャンヌ・オルタが更に疑問を被せる。だが、そんな二人の疑問に答えたのはサリエリだった。

「いや、待て。葬儀を取り仕切っていたのはサラザールだ。サラザールがミゲルの腹心の部下なら、死の偽装は容易《たやす》いのではないか？」

「勿論、紫式部がどういうつもりでモリアーティの旦那の出番を残してあったのかまでは解らんさ。俺は出番がまだあるかもっていう可能性を都合良く解釈したに過ぎない」

モリアーティは居心地が悪そうに口を開く。

「単に撮影助手として残しただけかもしれんよ？」

「あるいは回想シーンを撮るつもりだったのかも……でも、わたしは面白いと思いました。つまり肖像画家《ポートレイヤー》はミゲル……ということにできますものね！」

再登板が満更でもないのか、モリアーティは身をよじる。そんなモリアーティを眺めながら、オジマンディアスが口を開いた。

「引退したとはいえ、建国の英雄だ。各方面への影響力は保持したままだったろう。だが一方でナダイ・ナーダ共和国は未だに政情が不安定という設定だった。一部の者にとっては邪魔で仕方なかったであろうな」

「なるほど、常に暗殺の危険があったということだね」

龍馬が相づちを打つ。

「自らの死を演出することで表舞台から去り、ガブリエラを通じて院政を行おうとしていた。ところが突然鳴鳳荘に王子たちがやってきた。目的が解らないが、ミゲルはさぞ焦ったことだろう。仇討ちかそれともただの偶然か……ミゲルは諸々を嗅ぎつけられる前に始末しようと思った筈だ」

「そしてミゲルはサラザールに暗殺を命じたってわけだ。最後の方はファラオの兄さんに言い当てられちまったな。だいたいはそんな感じだ。俺の考えでは最後、ガルシアは鳴鳳荘の奥で息を潜めているミゲルと対決するんだが……ひとまず今話すのはこんなもんで充分だろう」

「とっても良かったと思うよ」

それは心からの言葉だった。何より、最初からこんなまとまった推理が出てくるとは予想外だ。

「これが俺の推理ってやつだが、所詮は素人考えだ。採用するもよし、叩き台にするもよし。煮るなり焼くなりしてくれや。まあでも、そうさな。もし選ばれたなら――――」

アーラシュは満面の笑みを浮かべて、こう言い放った。

「その時は滅多に見せない顔を撮らせてやるぜ！」

坂本龍馬の考察

「アーラシュに続いてだけど、次は僕でいいかな？」

そう言って手を挙げたのは龍馬だった。

「どうぞどうぞ」

言い出しっぺである筈のトリスタンは喜んで順番を譲ってしまった。

普通、こういうのは後に出すほど不利になっていくのが相場なのだけど……、

「いいの、トリスタン？」

少し心配になり、思わず尋ねてしまう。だがトリスタンは事も無げにこう答えた。

「大トリを務めるのはこの私ですから。トリだけに」

心配して損した。

まあ、とりあえず龍馬の話を聞こう。

「ありがたい。じゃあ、話をするよ。ローマ・クレイシという男のことをよく考えてみたんだ。彼はどうしてこんなところにやってきたのだろうって。勝てば官軍……そしてローマはミゲルの部下だった。栄達の道はいくらでもあったろうに。なのに下野して町医者なんかやってる。新しい国を作る仕事の方が楽しかっただろうに」

「なるほどな……もう、戦《いくさ》はこりごりだって感じかね」

「そうそう」

アーラシュの言葉に龍馬は同意する。

「となると、ローマにとっちゃあ、ミゲルは顔も見たくない相手なのか？　会えば、否が応でも戦を思い出しちまうだろうしな」

「うん。僕もそう思う。だけど、それでも敢えてパーティーにやってきた。何か目的があってのことだろう……まあ、お金じゃないよね」

「ローマはミゲルの近くにいた以上、コルテスの遺産のことを誰よりも知っていた。ということは金以外の何かが目当てだったと見ていいのではないか」

サリエリがそう言うと、龍馬は軽く肯いた。

「そうだ。そしてコルテスの遺産は何も財宝だけじゃない。様々な文書が可能な限り、収集されている。親友の死の真相もきっとそこにあると信じて、手を伸ばしたんだろう。どこかで幸せに生きててくれたらそれでいいけど、まあそういう人じゃなさそうだからね……二度と会えなくても仕方ないとは諦めてるだろうね。とはいえ、政情不安の新興国では人捜しなんて雲を摑むような話だろう」

龍馬はそこで言葉を切ると一同を見回す。そして結論を告げた。

「だからローマはガブリエラに薬を盛った。事件ということになれば、捜査の名目で鳴鳳荘の中をある程度は自由に歩き回れるようになるからね」

「しかし、どのようにして薬を盛ったのですか？」

トリスタンの疑問はもっともだ。ローマはサーブする立場ではなかった以上、ガブリエラにたった一つのグラスを選ばせるのは不可能だ。ましてやガブリエラはホストとして、最後に残ったグラスを取っていたのだから。

だが龍馬はそこについても考えを持っているようだった。

「こう考えるのはどうだろう。彼女は元々、慣れないことばかりで疲労の限界だったんだ。グラスに毒が入っていたわけでなく、疲労が溜まっているところに酒が入って倒れただけだ。ローマは簡単な診察をした上で、気絶しているガブリエラを利用する方法を考えた。解毒薬を飲ませる振りをしてまんまと睡眠薬を飲ませたんだ」

それができるのは医者のローマならでは……というわけだ。

「ところがローマにも誤算があった。サラザールの暴走だ」

「あれ……ということはサラザール氏がダイゾー氏という可能性は採用せずですか？」

「……ないね。それだけはない。以蔵さんは剣に生きて剣に死んだ人だよ？　記憶喪失になったとしても、無意識に剣の稽古《けいこ》をしてただろうさ」

龍馬は以蔵とダイゾーを同一視しているようだけど、なんだか怖くてその辺はとても突っ込めない。

「先のアーラシュの推理にもあった通り、以蔵さんの出番はもうないと考えるべきだろう」

「龍馬は以蔵とサシで演技するのが恥ずかしいんだろ」

そう言ったのは突然現れたお竜《りょう》だ。龍馬の守り神とも言える存在だが、今回は撮影のために消えて貰っていたのだ。

「違うったら、お竜さん。いや、そもそも以蔵さんはそういうのできない人だし。まかり間違って変なスイッチが入ったら撮影が台無しだ。そういう意味でも以蔵さんの再登板はないよ」

お竜は肯定も否定もせず、ただ意味ありげに笑って消えた。それを見届けて、龍馬は話を再開する。

「でもお話としてはちゃんと落とさないといけない。さて、紫式部さんが最初に役の説明をしてくれた際、ローマ・クレイシは日系三世という設定を教えてくれた。つまり、この国には比較的普通に日系の人間がいるという設定だ。以蔵さんのダイゾー・オカ、これは言うまでもなく、岡《おか》という姓だ。宗矩《むねのり》さんにはリュウ・タン。タンは中華系の姓か、それとも谷《たに》という姓が現地で変化したものか。ネーミングは安直かもしれないけど、法則はある。僕の役に与えられているクレイシ姓だって、決して現実にない名前じゃないしね」

「暮石《くれいし》とか……？」

「そうそう、そんな感じ」

龍馬は笑顔でそう言った後、不意に真面目な表情になった。

「なのに、紫式部さん自身に日系の名前が与えられていないのは妙じゃないか？」

ジャンヌ・オルタが大仰な身振りで同意した。

「あ、そこ引っかかってたの。なんでガブリエラなのって？」

「僕が思うに、劇中でダイゾーの言っていた妹というのが、ガブリエラじゃないかって思うんだ。ミゲルに引き取られる際、名前を変えたんじゃないかな。まあ、ただのこじつけかもしれないけどね」

「まあ、そこに関しては想像で埋めていくしかないわね」

「さて、ここからが本題。既に撮影した分で、ローマは何らかの機密文書を入手していた。それが何かは、撮影時には特に考えていなかったけど、少し前に上手い具合に思いついた」

「ほう？　アドリブにも大分慣れてきたと見える」

モリアーティが意外そうに言うと、ローマは少し笑ってこう答える。

「ダイゾーの死の状況について書かれた報告書なんてどうかなって」

サリエリはその答えに肯きつつも、疑問を差し挟む。

「しかし、その内容まで把握しているわけではなかろう。どうするつもりなのだ？」

「これはダイゾー・オカという架空の人物についての豊かな想像なんだけど……おそらくダイゾーは負け戦でも人を斬れるだけ斬って討ち死にするタイプの人間なんだ。しかしそんな派手な死に様だったら、ローマの耳にも届いていた筈だろう?」

「そして届いていたら、こんな面倒なことはやってねえな」

アーラシュの言葉には同意だ。

「ということはもの凄く強い剣士にダイゾーは人知れず殺されたという結論になるけど……そんなことができる登場人物は一人しか知らないな」

「……ああ! タン将軍?」

突然、ジャンヌ・オルタが声を挙げる。だが言われてみると、他には思いつかない。

「ミゲルにしてみれば、タン将軍もダイゾーも自分に斬りかかってくる可能性がある恐ろしい人間だ……できれば、同士討ちさせたいと思うのが人情だろう?」

「しかしそう都合良く行くでしょうか?」

マシュが疑問を差し挟む。

「タン将軍はそんなに愚かな人間に見えなかったね。益のない戦いはしないだろう」

「まあ、演じている人が演じている人だからネ……」

モリアーティの言葉に但馬守の顔を思い浮かべる。

まあ、そうだよね。

「だから挑んだとしたら、ダイゾーの方からだ。それにダイゾーは操りやすそうでしょ? 想像だけど、こう命じたんじゃないかな。『お前の妹は私が責任を持って面倒を見よう』『だからその男の命を奪え』って。そしてその結果が相討ちだ」

「相討ち……それなら確かに筋は通ります」

「あー、この男ならいかにもやりそうね」

ジャンヌ・オルタの厳しい口調に、モリアーティはよよと泣き伏す。

「君たち、私の扱いをもうちょっと優しくネ？　アラフィフ、精神は打たれ弱いんだから」

……後で慰めてあげよう。

「ミゲルは約束を守って、ダイゾーの妹を引き取り、一人前の淑女《しゅくじょ》として育てていった。ただ、結婚するというのは契約違反だな。こうなると知っていたら、逆上して斬りかかってただろうし」

「怖っ」

先の以蔵の恐ろしさを思い出したのか、モリアーティが身を縮める。

「ローマが真相を知って、お話は終わりですか？」

トリスタンの疑問に龍馬は首を横に振った。

「いや、それじゃ半分だ。ローマが真相を知って素直に帰るように見えるかい？　真相を知って、どうするかがミソだよ」

そう言うと龍馬はこちらに視線を向ける。

「さて、立香。勝手ながら僕もアーラシュと似たような解釈を取らせて貰うよ。即ち、ミゲルはまだ生存している。邸内のどこかでじっと息を潜めている。ただ、アクシデントでサラザールという手駒を失って内心相当焦っている筈だ」

ここまではアーラシュの案と同じだ。

「ローマはガルシアに協力を要請する。鳴鳳荘の内部に詳しそうだし、何よりバルガスを失って、仇を討ちたいという気持ちが本物だろうと思ったからだ。二人は協力しあって、ミゲルが潜伏している部屋にどうにか辿り着く。だが二人を出迎えたミゲルはある言葉を口にしようとするんだ」

だが龍馬はその先を口にしようとはしなかった。ややあって、マシュが焦れたようにこう尋ねる。

「あの、そこからどうなるんですか？」

龍馬は肩をすくめて、「そんなの答えるまでもないじゃないか」と答えをはぐらかす。

「まあ、採用されるかどうかも解らない案だ。全て説明するのは面映ゆいよ……でも選ばれたのなら、その時はかなり真剣にやってみようかなって思うわけさ」

そして龍馬はこちらに語りかける。

「どうだろう、少しは検討してみてくれないかな」

サリエリの考察

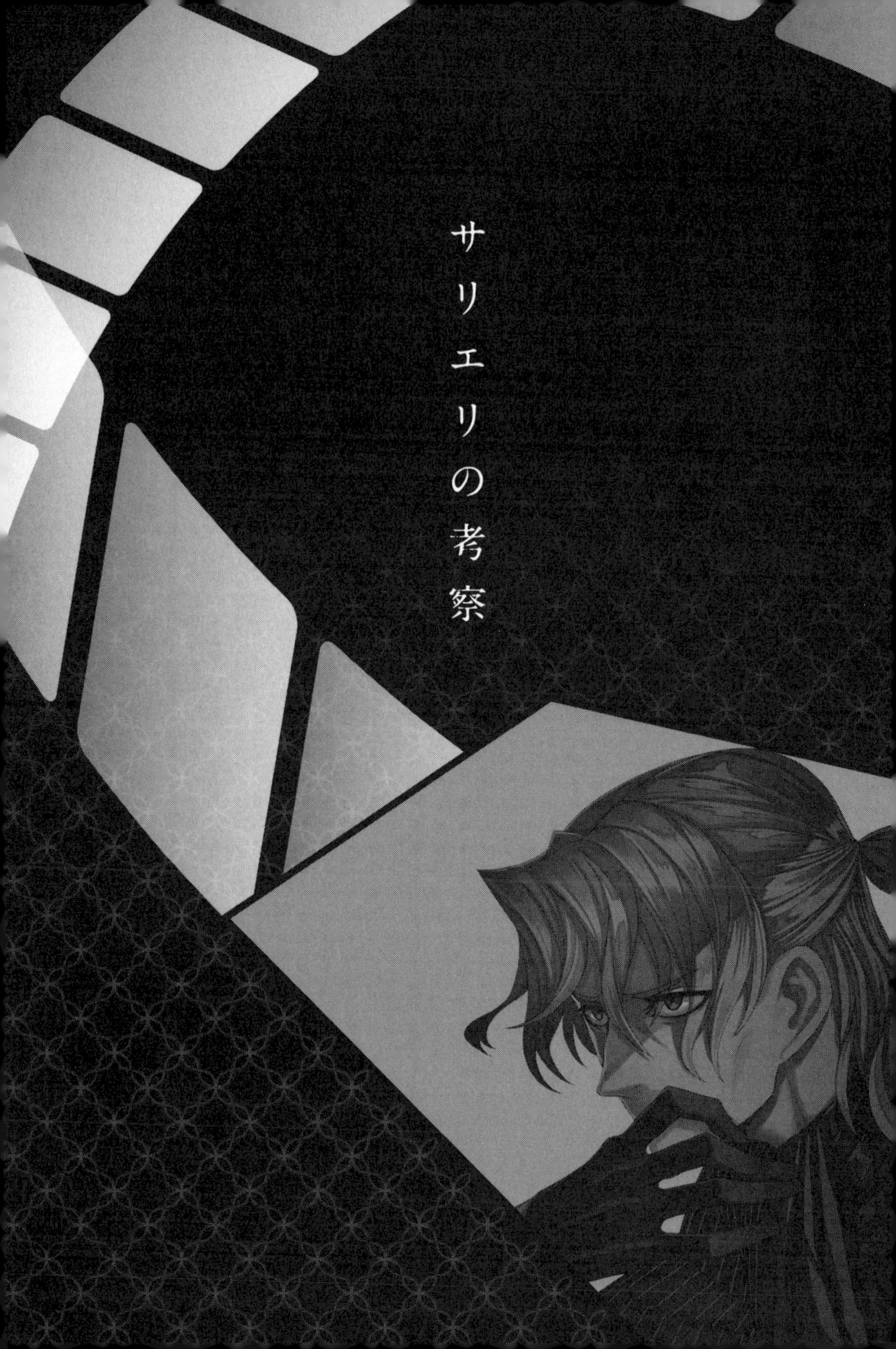

アーラシュと龍馬、これで二人分の考察が出た。

今のところ、どちらを選んでも悪くないかな……。

「……この推理の競い合い……いや、物語の構造をより強固なものにする考察コンテストだが。我も加わろうと思う。いいや、加わらねばならない」

まさかのサリエリ参戦だ。他の誰が参加しても、サリエリだけはないと思っていたのだが。

「サリエリさんもですか？」

マシュも同じ思いだったようだ。

「……ん」

「いえ、他の方々と比べると撮影に消極的に見えたものですから……」

「無論、疑問は残る。映画のことではない。我だ。我は何をしている？　いや、いい。それはいい。我は王妃の想いに応えると決めたのだから」

自己完結気味の返答にマシュは混乱していた。だが、ひとまずは耳を傾けるだけの価値はありそうだった。

「――故に、な。我は、アントニオという男の存在を思考していた。紫式部なる女からは多くを聞けなかったからな。アントニオが、果たして何者なのか。サリエリと同じアントニオの名を有し、フフ、しかも宮廷音楽家とは……皮肉にも程がある！」

　そういう意味では式部のキャスティングに何らかの作為は感じたものの、これといったことは思いつかなかった。

「だが万が一に、アントニオが実在の人間――血肉備えた魂であったと仮定するならば……想いを巡らせることはできよう。時は掛かったが、我はアントニオを見出した」

「確かに役作りは大変だったよね。僕の場合は紫式部がある程度ローマというキャラを僕自身に寄せてくれていたから助かったけど」

「同じだ。アントニオも然《しか》り。紫式部はそのようにしたのだ。そう思い至った後は、比較的容易であったぞ。同時に、ああ……ある矛盾に気が付いたという事実もある」

「矛盾……ですか？　即興劇ですから多少の矛盾は気にしても仕方がないと思ってましたが」

　トリスタンが首を傾げる。

「いや、その矛盾はごく序盤にあったもの。紫式部が撮影に関わっていた頃からな。だからこそ――我は、これを意図的な伏線であるものと疑った！　そして考えた！」

　はて、矛盾なんてどこにあっただろうか。

思わずモリアーティの顔を見るが、モリアーティも同じ思いのようだ。

「はて、変なところなんてあったかな。よく撮れているとしか思っていなかったが……」

「序盤だ！　さあ、思い返すがいい！　アントニオとローマの間にこのようなやり取りがあったのを憶えていよう！」


「それにしても、よくあの虐殺を生き延びましたね。落城の日は非戦闘員でも容赦なく斬られましたからね」

「いや、それは……」


「ああ……そんなことも言ってたわね。でも取り立てて変な台詞って訳でもないでしょ？」

「奇妙であろう！　そう……例えばバルガスやガルシアだ！　連中が落城時の虐殺を生き延びたのは何故だと思う！」

「さあ？　運が良かったとか？」

その点に関して、ジャンヌ・オルタは深く考えるつもりはなさそうだ。だが、オジマンディアスが反応した。

「……問うまでもない。臣下の者どもが命を賭して連中を逃がしたのであろう。得てして忠義とはそういうものだ。たとえ、其処が滅び去る国だとしてもな」

「ふーん」

「バルガスとガルシアが流れ者をやってたのも、結局二人しか逃げられなかったからって可能性もあるか？　それに、あれだ。土壇場で目にした忠義があったからこそ……。変にねじくれたりせず、正義感のある男に育ったのかもな」

アーラシュの言う通りかもしれない。その辺に関しては式部の中で何らかのロジックがあったような気もしてくる。

「そう考えてみると……宮廷音楽家のアントニオ氏が生きているのは変ですよね？」

「その通り。城が落ちるさなか、守る相手は王族を措いて他にない。如何《いか》に優れた音楽家であろうとも、生き延びよう筈がない」

「王子たちに忠臣がいたように、アントニオにもファンがいたのかもしれんよ？」

モリアーティが意地の悪い質問をするものの、サリエリに動揺した気配はない。

「……命をかけるまでにか？　稀代の天才でもない人間に命を渡す者はいまい」

「ここにいますよー」

思わずそう言ってしまったが、なんだかサリエリはバツが悪そうだった。

「……そんな物好きはいなかった。いなかったのだ。そう仮定せよ。となればアントニオが生き延びた理由は明白である。宮廷音楽家を解任されていたのだ。革命がなされる直前にな」

本当だ……そう考えると辻褄が合う！

「でも解任されるには理由がいるでしょ？」

「ハ！　ただの一言で済むとも！」

サリエリはジャンヌ・オルタの疑問を一蹴するようにこう吐き捨てた。

「才能がなかった！」

なんと残酷な真相か……。

「才能なく、技術もなく……もはや行く当てを失った宮廷音楽家であったのだろう」

サリエリが自嘲気味に語る姿は、アントニオの話だと解っていても何故か見ていてとても辛かった。

「そんな……で、でも本当にそうだとしたら、人気音楽家にはなれないのではありませんか？」

「大衆向けの音楽と宮廷の音楽では評価軸が全く違う…………全く違う」

「それ自分の何かが入ってない？」

ジャンヌ・オルタにそう言われ、サリエリは黙り込んでしまった。だがやがて絞り出すような声で反論する。

「……我は、サリエリではない。何を今さら。さて、アントニオという人物の空白はもう良かろう。次だ。何故、この男は鳴鳳荘にこうも来たがったのか？」

「そういえば様々なツテを使ってようやく潜り込むことができたようなことを言っていましたね」

トリスタンの言う通り、ツテについて強調していた記憶がある。

「若い女を好むというミゲルの噂を聞いていたが故、エリスを手土産にしようと思ったのかもしれん」

「最低ね。死ねばいいと思うわ。むしろガソリンぶっかけて燃やしてやるわ。よし。覚悟はいい？」

「ねえ、まだ犯罪すら起こってないよネ!?」

ジャンヌ・オルタの剣幕にモリアーティが慌てる。これは完全な貰い事故だ。

「まあ、そうは言ってもアントニオは音楽家としては成功してるようじゃない。名声もお金も持ってて、他にわざわざ欲しいものがあるっていうの？」

「それが答えだ。名声でも金銭でも手に入れることのできないものを求めて、アントニオは鳴鳳荘を訪れたのだ。相棒のエリスを捧げてでも欲したものがあったのだ」

「それは一体何なのですか？」

「楽譜だ……それも宮廷音楽家たちが遺した楽譜」

龍馬が何か思い当たることでもあるような表情で口を開いた。

「どのくらいの量かは解らないけど、鳴鳳荘に存在はしているだろうね。何せ、ミゲルは宮廷のあらゆる文書を回収させたんだから。楽譜だって例外じゃないだろうさ」

「市井での成功を収めはしても、アントニオの若き日の敗北感は拭《ぬぐ》い去れるものではない。だが、目を背けることもできない。故に……死した音楽家たちの楽曲を、今一度、目の当たりにしたかったのだ――確かめたかったのだ。十年前に突きつけられた実力差が既に埋まっているのか、或いは、一生埋まらないほどのものであったのか」

サリエリの語る考察は重く、聞いていた皆の口も閉じさせた。そこにカルデア側からシェイクスピアとアンデルセンがホログラフで参加する。

「物語に手っ取り早く重みを出そうと思ったら、作者自身の人生を利用するのがいいとよく言われますな。今回はあのアントニオ・サリエリの人生がうっすらと乗っかってますな。無論、細部は違いますが……」

「重い、重すぎるぞ。だがそれがいい！」

実際、作家たちの言う通りだ。何を考えていたのか解らなかったアントニオが一気に血肉を持った存在になった気がする。

「確かに、素敵な推理です……！　なのですが、その……」

マシュは奥歯に物が挟まったような物言いになりつつ、こう尋ねる。

「事件の真相やお話の結末についてはノータッチですね？　このままだと『鳴鳳荘殺人事件』というか、アントニオさんの物語になってしまいます」

「……一応、辻褄合わせは考えた。ただ、他の者たちほど洗練されてはいない。事件の真相についてはそこまで期待するな。結末も考えてあるが……そう、復讐者らしい結末ではあるだろう」

サリエリは答えを持っているようだが、ここで口にするつもりはないらしい。先ほどの考察で龍馬が口を閉ざしたように、悪しき前例を踏襲されてしまった。

「なんだい？　随分ともったいぶるねえ。私はとても気になってきたよ。主にまた私が黒幕関係じゃないか、という意味でネ！」

モリアーティはサリエリをそう問いただすが、当のサリエリは意に介した様子はない。

「撮るかどうか解らぬものを詳細に語っても仕方があるまい。ただ、撮影することになれば、だが。トリスタン卿には協力を仰ぐことになるだろう」

「ふむ、私の協力が必要とあらば……喜んで手を差し伸べましょう」

しかし、そう答えるトリスタンは何故か汗を流していた。まるで何かを恐れているようだったが、トリスタンの口からその理由が語られることはなかった。

ジャンヌ・ダルク・オルタの考察

「いつまで私を待たせるの？　そろそろ交ぜなさい」

三人の考察が出揃い、ジャンヌ・オルタがしびれを切らしたようにそう言う。

「おや、次は私の番だと思っていたのですが……そういうことならレディに譲りましょう」

そう言うトリスタンはあくまで余裕の表情を崩さない。そんなトリスタンを見て、モリアーティがそっと囁く。

「あれ、絶対慢心してるよネ……」

私は黙って肯くと、ジャンヌ・オルタの話を聞くことにした。

「じゃあ、遠慮無くいかせて貰うわ。ところで、みんなは冒頭のシーンのエリスの心境をどう解釈した？」

「うーん、罵倒するほど嫌いだった相手が目の前で倒れたんだよな。だったら、ざまあみろとかいい気味だとか思うんじゃないかな？」

とてもアーラシュらしい感想だ。

「実際、紫式部さんはジャンヌさんになるべく意地悪な台詞を喋るようにお願いしてましたよね」

わざわざお願いしなくても素でキツいことを言ってくれそうだったけどね……。

「僕は勝手にエリスは嫉妬深い子なんだと思ってたよ」

「傍目にはそう見えたのかもしれないけど、私の解釈は全然違うの。そりゃ、エリスの性格が真っ直ぐだとは言わない。演じてる私だって全然純粋じゃないしね」

そう言ってジャンヌ・オルタはこちらを凝視してくるが、敢えて目を合わせないでいた。何をどうコメントしても地雷を踏みそうだったからだ。

ジャンヌ・オルタは諦めて、話を再開した。

「で、この間暇潰しに読んだ哲学書にとても面白いことが書いてあってね。なんでも、人間は自分が欲しいと思っているものを持っている人間にしか嫉妬しないんですって。この説の妥当性は素人の私には解らないけど、割といい線いってると思うのよね」

嫉妬……だが、エリスの嫉妬とは一体なんだろう。

「エリスがガブリエラに嫉妬したとしたら、財産かしらね。でも財産なんて歌手を続ければどんどん貯まるから違う。むしろエリスが本気で嫉妬するなら自分より歌の上手い女相手とかでないと。だからあれは安い嫉妬なんかではなく、損得を超えた言葉だったんだと思うわ」

ジャンヌ・オルタの考察を龍馬とサリエリは肯きながら聞いていた。

「まあ、いくらエリスが人気歌手でも、ガブリエラの機嫌を本気で損ねたら仕事に障るだろうしね」

「権力者に干されるリスクを冒すとは思えぬし、本当にただ嫌っているだけならば……陰口でも叩いていればいい」

「だけど嫉妬でないとしたら……どんな気持ちだったんですか？」

「強い執着、かしらね」

そう言い切るジャンヌ・オルタにはエリスの振る舞いの解釈についてもう答えは出ているようだった。

「……エリスはある明確な目的を持って鳴鳳荘にやってきたって私は考えてるの。それこそアントニオが接収された楽譜を読むために、あらゆるツテを使って鳴鳳荘に来たようにね。そう、きっとエリスは幼なじみに会いに来たのよ！」

「幼なじみって誰のこと？」

唐突な話運びについ口を挟んでしまう。だがジャンヌ・オルタは特に気分を害した様子もなく、話を続ける。

「ナダイ・ナーダ王国時代、エリスは庶民の子供として貧しいながらも慎ましく暮らしてたの。国がひっくり返る直前だから明るい毎日の筈ないわよね。でもエリスには心の支えになるような幼なじみがいた……多分、その幼なじみがガブリエラだったの。名前は……とりあえずカオルでいいわ。この際だから私もガブリエラがダイゾーの妹だって説を採用するわ」

「おっ、光栄だね」

龍馬がにっこりと笑う。

「実際、ローマがエリスをダイゾーの妹と疑うシーンもあったし、年格好的にも問題なさそうだね」

「ところがある日、突然カオルは姿を消してしまう。噂によると、どうもコルテス副将軍に引き取られたという」

「庶民の身の上では到底お目通りの叶わない雲の上の人になっちまったということだな」

アーラシュの言葉にジャンヌ・オルタは肯く。

「エリスは突然消えたカオルともう一度会いたくて、薄い縁を頼ってアントニオに辿り着いて歌手を目指すの。成り上がり続けて、いつか雲の上まで行くために。そして成り上がりは成功し、カオルとも会えることになった」

「でも幼なじみという割にはガブリエラのエリスへの態度は素っ気なかったよね。まるで初対面みたいだった」

龍馬の疑問ももっともだ。あの態度で「実は幼なじみ」と言われても、今一つピンと来ない。

「私のことが解らなかったか、それとも解ってて知らない振りをしたのか……どっちにしてもようやく再会できた幼なじみが自分に気がついてくれなくて、いい気分はしなかったわね。だからあんなきつい嫌みを言ってしまったんだと思うの。彼女が元気でいること自体は嬉しかった筈だけど」

「でもあんな言い方はないんじゃない?」

私の指摘にジャンヌ・オルタは肩をすくめてみせる。

「まあね。でも彼女の立場を考えてみて。お兄さんが行方不明になり、権力者の老人に引き取られるなんて、彼女にはどうしようもないことでしょ? どれだけいい暮らしを送れたとしても籠の中の鳥と同じ、きっと心を殺して、我慢に我慢を重ねたんでしょうね。だからこそ罵倒でもいいから本音を口にして欲しかったの。沢山の不満を呑み込み続けた筈のカオルにね。絶交されてもいいから、彼女の気持ちが聞きたかった。それだけの話よ」

「重いですけど、なんだかとってもドラマチックですね。あれ……だとするとエリスは犯人ではないのですか?」

ジャンヌ・オルタは「一体何を言ってるんだ?」と言わんばかりの眼差しをマシュに向ける。

「当たり前でしょ。ガブリエラの反応が見たくて仕方なかったエリスが自分からその機会を手放す筈ないんだから。むしろ十年も待ちわびた機会を奪った犯人へ憎しみを抱いたでしょうね。おまけにこのままガブリエラが死んだら、二度と会話を交わすことができなくなってしまうから。ガブリエラの身の安全を確保するためにも、エリスは全力で犯人探しをするの」

「犯人……というと最早お決まりになったミゲルが黒幕パターンでしょうか」

トリスタンはどこか浮き足だった様子でそう尋ねる。だがジャンヌ・オルタはモリアーティを一瞥すると吐き捨てるようにこう言った。

「ああ、ミゲルね……邪魔だから死んだことにしておいて」

「……え、そういうパターンもあるの？」

黒幕にされなかったらされなかったで可哀そうなモリアーティである。

「私はともかく、エリスはただの女の子なんだから、殺陣なんて演じようがないし。そういうのはカットでいいの。それにこの話の締めは、もう決めてるの」

「しかしミゲルが黒幕でないとすると、どう辻褄を合わせるつもりですか？」

「簡単でしょ。ガブリエラは若い未亡人なんだから、身近な人間が悪い気を起こしてもおかしくない……使用人たちがコルテスの遺産をそっくり奪おうとしたんじゃないの」

「ふむ、土地や財産は国に持って行かれるかもしれんが、政府要人を脅迫できる材料さえ握ればそれで充分か」

「だけど外部の人間がいない時に殺したのでは疑われる……だからこのタイミングでガブリエラを毒殺しようとした。あとは客の誰かに罪をなすりつければいいわけだし。うん、それでいいじゃない！　きっとサラザールがバルガスと相討ちになったのも、バルガスを殺して自殺に偽装しようとしたからね」

「だが犯人であるサラザールが解決編の時点で死んでいたというのではドラマとして少々盛り上がりに欠けるな。はたしてアーラシュの案以上に面白くなるものか……」

オジマンディアスが疑義を差し挟む。

「私が『使用人たち』って言ったのをお忘れかしら？　サラザールはあくまでその内の一人よ」

「使用人か。ふむ――――だが、使用人の類はこの映画には登場しておらん。そこは如何する」

「そりゃ、細かいことを言えばそうだけど……これだけ広いお屋敷にサラザールだけってのも妙でしょ？」

「現実的ではなかろうな」

「だからその他大勢の使用人は存在するけど、基本的にはカメラには映っていないという解釈をするの」

「まあ、妥当かな。他のサーヴァント連中に使用人役を頼むという手もあるが、目立つだろうしな……」

アーラシュが愉快そうに笑う。

「職員さんたちにお願いするという手もありますが、このタイミングでは迷惑にしかなりませんしね」

「そりゃ、一度に十人二十人を用立てようとしたら大変よ？　でもたった一人なら大丈夫よ。ごく身近に中途半端に地味で、中途半端にキャラが立っている人間がいるじゃない」

「はて、どなたのことでしょうか」

「まったく頭が固いのね。そいつは確かにいたし、今だってこっちを見てる。ねえ、立香？」

「え、まさか……」

間抜けにも自分の顔を指差してしまった。その姿をジャンヌ・オルタは満足そうに眺めている。

「察しがいいわね。そう、アンタが犯人役！」

「それです！」

マシュは興奮した様子で大きな声を出したが、すぐに恥ずかしくなったのか手で口を押さえる。

「あ……いえ、失礼しました。つい興奮して……ジャンヌさんの案は映像ミステリーではお約束のものでして……カメラを構えてた『誰か』も、登場人物の一人だったというトリックです。なにより、これなら先輩も配役《キャスト》のひとりとして登場できる素晴らしいアイデアかと！」

「使用人って話なら、そうだな！　最初から俺たちに付き添ってても不思議な話じゃない。常に付き添い、全てを見ていたからこそ、うまいこと立ち回っていた——ある意味、モリアーティの旦那より真っ黒な犯人だ！」

「今、私の名前を出す必要あったかネ？」

アーラシュの感想にモリアーティは拗ねたようにつぶやく。

「で、私が犯人を指差すと同時にカメラがくるっと回って、撮影していた立香の姿が画面に出ればばっちりきまるでしょ」

「……ふふ、確かに面白い！　炎の女、貴様の考えもなかなかに佳いではないか！」

「でしょう？　まあ、強引さは否めないから、選ばれなくてもしょうがないって思ってるけど。漫画描いてる時も思ったけど、創作ってやっぱり楽しいものねー！」

実際、自分で誇るだけあってここまでの三人のアイデアと比べても遜色ない内容だ。

「……そういえばジャンヌさん、映画の締めは決めていると言ってましたよね？　どんなものか、よろしければ聞かせて貰えませんか？」

マシュがそう促すと、これまで自信満々だったジャンヌ・オルタは急に照れ始めた。

「ん？　ああ、そんな期待されても困るんだけど……犯人を指摘した後、目覚めないままのガブリエラと二人きりになって本心を告げるだけよ」

どうやらこの場で告げるのは恥ずかしいようだ。

「まあ、それが何かは撮ってみてのお楽しみということで！」

トリスタンの考察

考察はこれで四つ。

「それにしても……みなさん思いの外、力の入った推理を提出してきましたね」

マシュが心底感心した様子でそう言う。そして隣のトリスタンにこう語りかける。

「でもイシドロは名探偵なんですから、負けられませんよね、トリスタンさん？」

だがマシュの問いかけにトリスタンは答えなかった。

「あの、トリスタンさん？」

よく見ればトリスタンは脂汗を流し、狼狽している。美形にあるまじき醜態だ。

そんなトリスタンを見て、モリアーティは訳知り顔で囁く。

「ははあ。あの様子だとどうやらジャンヌ・オルタ君とネタが被ったようだね。勿体ぶらずにさっさと披露しておけばよかったものを……」

「どうしたの？　この世の終わりみたいな顔してるけど」

ジャンヌ・オルタはそれを知ってか知らずか、追い打ちめいた言葉を吐く。それがとどめになったのか、トリスタンはぐんにゃりとしおれてしまった。

「……マシュ、探偵というのはとても、難しい存在なのですね……」

爪弾く竪琴の音もなんだか冴えない。

「はい？」

「一見、作者から特権を与えられた存在に思えますが、このバックボーンの薄さは如何ともしがたい。他のみなさんのように解決編でドラマを作るという手が使えない分、私は大きく不利でした。実は誰かの兄弟だったとか、実は死んだと思われていた人間だったとか……私は問題編の内にみなさんと肩を並べるための伏線を撒《ま》くべきだったのですね……」

トリスタンは気の毒なほど打ちのめされていた。

「トリスタンさん……」

「手遅れになってようやく、心の底から主役になりたいという気持ちが湧きました。ですが、その気持ちを持つのが少し遅かったようです……」

「推理してたの、ほとんどアドリアナだしね」

意地悪な表情でジャンヌ・オルタが混ぜっ返す。

「確かにこのままだと、何のために出てきたのか分からないキャラクターではあるね」

「ああ。指摘するのも今さらだが、楽器を持っている設定もまるで活かせてない」

龍馬とサリエリの容赦ない指摘にトリスタンはがっくりとうなだれる。

「……このままだと名探偵という触れ込みで登場したイシドロがただ無能なカカシなんです。そんなこと許されますか？」

どうフォローしたものか迷っていると、突然トリスタンの背筋が伸び、その目が見開かれた。

「……いや、許される筈がありません！」

まるで何か閃いたかのような表情だ。

「そんな自虐に走らなくてもいいでしょ。アンタが探偵らしいことを少しもできなかったのは事実だけど」

「言葉はオブラートに包んで下さい！」

慰めているのかと思わせて、ひどい言葉を叩き込むジャンヌ・オルタにトリスタンはのけぞる。だが、何故かその口元は笑っていた。

「いや、私は発想を逆転させました。そう、無能なら無能を活かせば良いのですから」

「あの、トリスタンさん？」

様子のおかしいトリスタンをマシュが案ずるが、トリスタンは手で「問題ない」と答える。

「演じている私ですら失望するほど無能で顔しか取り柄のないイシドロですが……その実、イシドロを操っていたのはアドリアナだったという真相はいかがでしょうか。アドリアナが犯人を指摘して終わるんです」

アーラシュが目を輝かせる。

「おっ、入れ替わりは俺のアイデアをアレンジしたか。そういうのもいいな」

「でもその入れ替わりネタを使うとなると、半端な真相じゃ負けちゃうんじゃない？」

「ああ、真相ですか……最早どれでもいいですね」

「はあ？」

ジャンヌ・オルタが素《す》っ頓狂《とんきょう》な声を挙げる。

「アクシデントがあったものの、撮影をどうにかクローズしたという体裁だけ取り繕っていれば極論、真相は何でも良いでしょう。なんなら前の四人の口から発表されたものでも構いません」

「それは……大前提を捨てることになりはすまいか？」

サリエリの言う通りだ。トリスタンが自暴自棄になったようにしか見えない。

「いいえ。何故なら、私の思い描く解決編はそこからなので」

「しかし、アドリアナが解決して終わりだとたった今言ったばかりではないか」

オジマンディアスの疑問ももっともだ。だが、トリスタンに揺れた様子はない。

「解釈を変えてみたのですよ。例えばみなさんが取り組んでいた事件を『鳴鳳荘殺人事件』とするなら、私が取り組んでいる事件はさしずめ『漂流電影空間ハリウッド　鳴鳳荘殺人事件』……即ち、我々のこの舞台裏も映画の一部として捉えるのです」

トリスタンの主張が見えてきた。『鳴鳳荘殺人事件』で主役を張ることはもう諦めたが、撮影の裏側も一緒にまとめたドキュメンタリー『漂流電影空間ハリウッド　鳴鳳荘殺人事件』でなら挽回できると言っているのだ。確かにイシドロが脇役に成り果ててしまった今、それ以外にトリスタンが輝く方法はない。

「つまり僕たちの周章狼狽の様子も作品に組み込まれるわけか。そうなると映画の主題だって変わってくるね」

龍馬は面映ゆそうに頬を掻く。

「主題を見失ったまま映画を撮ろうとするからいけなかったのです……だったらいっそのこと、紫式部昏倒事件をメインの謎に据えてしまえばいい。もしも紫式部の昏倒が不幸な事故を装ったものだとしたら？　しからば紫式部を退場させることでもっとも利益を得た者は誰か……そんな何故《ホワイ》は面白くありませんか？」

「チッ、メタに逃げたか」

そこにホログラフのアンデルセンがポップアップしてくる。

「だが新本格《しんほんかく》推理であれば許される範囲だ。ぎりぎり土俵際、ではあるがな。しかし切れ味が鋭くなければ観客は納得せんぞ？　どんな真相を用意した？」

「おっと、これ以上は言わぬが花ですね……しかし面白くなることだけは保証しますよ。何より……探偵役は、この私なのですから……！」

「自分は探偵役として美味しい思いをするわけね」

既に撮影のイメージトレーニングに入っているトリスタンをジャンヌ・オルタは呆れた様子で眺めている。

「トリスタンさんのアイデアはとても気になりますが……これで都合、全部で五本の結末が提出されたことになりますね。先輩はどれを選びますか？」

それぞれ、とても魅力的な解決編だったと思う。おまけに皆、肝心なところは言わないのだからどれも気になって仕方が無い。

「……うーん……結末として選ぶのは――」

「選ぶのは？」

全員の声が揃う。

だがこの中からたった一つに絞れる筈もなく……つい、こう言ってしまった。

「折角だから、全部撮ってみようか？」

ガルシアＥＮＤ
（演＝アーラシュ）

鳴鳳荘の奥深くの部屋、暗闇の中でうごめく影があった。

「サラザールめ……王子暗殺を命じたのに、よりにもよってミスでガブリエラに毒を盛るとは。その上、勝手に死ぬとは……」

その男の言葉にはどこか悔しそうな響きがあった。

「まあ、王子を始末することができたのは大きい。ガブリエラだってまだ蘇生する可能性がある。しかし、ここからどうしたものか……」

そこに突然、ガルシアが部屋に入ってきた。

「まあ、やっぱりここに隠れてるわな。俺だってそうする」

ガルシアが明かりを点《つ》けると、死んだ筈のミゲル・アンヘル・コルテスの姿が現れた。

「これはこれは……優秀な猟犬のお出ましか。しかし、よくこの場所が解ったね。素人では到達できない筈だが……」

「ここは王家の別荘だ。子供の頃はあいつとかくれんぼをして遊んだものさ。鳴鳳荘にはかなり手を入れたようだが、部屋の位置までは変えることができないもんな」

追い詰められた筈のミゲルだが、その顔には余裕があった。

「ふむ……勇敢で体力もあり、それでいて頭も切れる。私の希望通りだ」

「何の話だ？」

「何、君に新しい仕事の口を世話しようかと思ってね。サラザールの後任として、鳴鳳荘に残らないか？」

思いもよらぬ提案にガルシアは驚いていた。

「なんだと？」

「私は死を偽装することで表の世界から引退し、幽霊のようにこの国を操るつもりでいた。だが、幽霊にも干渉手段が必要だ。それがガブリエラであり、サラザールだったわけだが……サラザールが死んでしまったせいで、私もいささか困っていてね。どうだろう。私を手伝ってはくれないだろうか。勿論、不自由はさせないよ。おまけに私は老い先短い……遠からず全て君の物になる。悪くない取引だと思わんかね？」

「断る」

ミゲルの申し出を蹴ったガルシアは静かな怒りに燃えているようだった。

「ほう、愚直に仇討ちかね？」

「……今のは罪の告白と取っていいんだな？」

ガルシアの怒りをいなすように、ミゲルは大仰な身振りを交えて更なる言葉を紡ぐ。

「確かにサラザールに王子暗殺を命じたのは私だが、忠義を尽くすべき相手はもういないだろう？　主人を失った君へは相応の慰謝料も払おう。ガブリエラだって好きに……」

「余の顔を忘れたか！」

ガルシアの一喝に、ミゲルの顔がついに凍りつく。

「まさか……貴様、コンコルディア王子か！」

「ようやく気がついたか。まあ、十年前は俺もまだ子供だったからな」

「身代わりとは小癪なことを……まんまと騙された」

ミゲルは衝撃からすぐに立ち直るとガルシアとの対話を再開するが、その様子はどこか必死だった。

「いや、だったら……尚更私と手を組むべきだ。私の〝遺産〟を上手く使えば、王室だって再興できるかもしれない。それに真に重要な〝遺産〟の存在はガブリエラにすら教えていない。ここで私を殺せばそれらは闇に……」

傾聴の価値なし、そう言わんばかりの態度でガルシアはミゲルに矢を射た。矢はミゲルの胸に深々と刺さり、ミゲルは血を吐く。

「がはっ！　まさか、私が、こんなところで……」

そしてミゲルは倒れ伏し、そのまま動かなくなった。

「……時計は巻き戻らねえんだ。死人は大人しく死んでおけ」

物言わぬミゲルをそのまま残し、ガルシアは部屋を出て行った。

ガルシアが廊下を歩いていると、ローマと出くわした。

「こんな夜更けにどうしたんだい？」

「ああ、お医者の先生じゃねえか。起こしちまったか。実は一足先にお暇《いとま》しようと思ってな。バルガスに墓も作ってやんなきゃならねえし」

「ガブリエラさんは少し前に意識を取り戻したよ。今はまた眠っているけど、じきに回復するさ」

「そうか……そいつは良かった。じゃあ、先生の口からよろしく伝えておいてくれ」

そう言ってガルシアはローマの脇を通り抜ける。だが、ローマはガルシアの背中にこんな言葉を浴びせた。

「僕も君ほどじゃないけど、鼻は利くんだ。特に、血の匂いには殊更敏感でね」

ガルシアは足を止め、ローマの方に振り向く。

「そこから先は言わぬが花ってことで。後の面倒は全部俺に押しつけてくれて構わないからさ」

「……だけど僕には君が悪人には見えないんだ」

「そもそも善人は人を殺したりしねえさ」

ガルシアの正論にローマは黙ってしまった。だが、すぐにガルシアにかけるべき言葉を口にする。

「単刀直入にお尋ねします……あなたはコンコルディア王子ですね？」

そう尋ねたローマをガルシアは手で制した。

「よしてくれ。そいつは死人の名前だ」

「失礼しました。頼りにしていたサラザールがいなくなって、ガブリエラさんは心細い日々を送るでしょう。あなたさえよろしければ、ここに残って彼女の近くにいてやってくれませんか？」

「ガブリエラを守りつつ、猟をして気ままに暮らす……それもいいかもな」

「じゃあ……」

目を輝かせ始めたローマを見て、ガルシアは首を横に振った。

「でも、俺にはまだやり残した仕事があるんだ。そのためにあいつと国を放浪してきた」

「診療所のラジオで正体不明の正義の味方のニュースを聞いたことがありましたが、まさかあなただったとは」

「それがナダィ・ナーダ最後の王子だった者の務めだ。国のあり方が変わっても関係ねえさ」

ローマは説得を諦めたように苦笑した。

「損な性格ですね。もしもあなたが王位に就いていたら何かが変わっていたかもしれない」

「さあ、どうだかな。でもこれだけは言える。俺はガブリエラを救った。それだけで満足さ」

ガルシアはそう言い残すと、確かな足取りで去って行った。

ローマEND
（演＝坂本龍馬）

ガブリエラの部屋。イシドロとアドリアナは固唾を呑んでローマの診察を見守っていた。

やがて診察を終えたローマが口を開く。

「……ガブリエラさんは小康状態を脱しつつあるといったところかな。容態が急変する可能性はまだあるけど、ひとまずは安定したと見てよさそうだ」

「なるほど。これでローマさんがつきっきりでいる必要はなくなったわけですね。では今夜は我々が交代で彼女を見守ります。ローマさんはゆっくり身体を休めて下さい」

「それはありがたいね。でも彼女に何かあったら僕の立場がないから、二時間ほど休ませて貰おうかな」

「二時間と言わず、四時間半……。いえ、何なら六時間でも構いませんよ」

「ははっ、じゃあお言葉に甘えて。でもよく眠れなかったら戻ってくるから」

「あの、ローマさん。おやすみなさい」

アドリアナの呼びかけにローマは笑顔で振り向く。

「ああ、お休み」

ガブリエラの部屋を後にしたローマはそのまま自室の前を通り過ぎ、ガルシアの部屋のドアをノックする。するとほどなくしてガルシアが顔を覗かせた。

「……先生か。こんな時間にどうした？」

しかしガルシアにはローマを部屋に招き入れる気配がなかった。夜半に訪問してきたローマを警戒しているのだろう。

「なあ、バルガス君の仇を取りたくはないか？」

だがローマは意に介した様子もなく、そう語りかける。

「当然だろ。犯人が解ってたら、この手で撃ち殺しているさ」

「だったら僕と組まないか？　僕の見立てが正しければ、君はこの屋敷に詳しいよね？　姿を隠せそうな場所を教えて欲しい。そして僕はあの人の心理に詳しい。どこに隠れそうか、よく解っている」

ローマはガルシアが誘いに乗ると半ば確信しているようだった。ややあって、ガルシアは口を開く。

「……乗った。だが、あんたの目的は？」

「親友の弔《とむら》い、じゃ駄目かい？　実はこんなものを見つけてね」

そう言ってローマは書類を取り出した。

「これは？」

「十年前のあの夜に関する報告書だよ。これもまたコルテスの遺産の一部さ。この報告書によるとね。ダイゾーさんはタン将軍と相討ちになったらしい。タン将軍は軍で……いや、国で一番の剣の使い手だった。不意打ちなしでダイゾーさんを斬れるのはあの人だけだ」

「タン将軍は確かに凄い人だったな……。高潔だし人気もあった。だが、まさかその最後の相手が剣鬼ダイゾー・オカだったとはな」

「まだ信じられないかな？」

「……いや、もう充分だ。俺もまた親友の弔いで動いているからな」

ガルシアは部屋を出て、後ろ手でドアを閉める。そしてローマについてくるように促した。

「来な。あの野郎の隠れ場所になりそうなところを片っ端から案内してやる」

鳴鳳荘の最奥部に位置する書庫。そのドアを開け、明かりを点けると、そこには死んだ筈のミゲルが立っていた。

「……やれやれ、折角息を潜めていたのに」

だが、ミゲルの表情に怯《おび》えの色はなかった。

「ダイゾーさんを殺したのはあなただったんですね？」

「何？　あの資料では相討ちとあったが……」

ガルシアが混乱したように口走る。その様子をミゲルは愉快そうに目を細めて眺める。

「人聞きの悪いことを言うんじゃない。ガルシア君が誤解したらどうするのかね。あれは純然たる相討ちだったのさ」

「そうでしょうか？　あなたの敵はいつも都合良く、相討ちになりますね。何か魔法をかけているのではありませんか？」

ミゲルはくっくっくと笑う。

「流石は元部下、私のやり方をある程度理解しているようだ。魔法をかけるのは簡単だよ。格下を必死にさせる……それだけさ。そうだ、君にもかけてあげ……」

ミゲルがそう言いかけたその刹那、ローマは下げていた刀を抜き放ち、ミゲルの身体を一閃した。

「そんな……何故……」

不意を突かれたミゲルはよろめき、床に膝をつく。

「『君の奥さんは私が責任を持って面倒を見よう』『だからこの男を全力で始末しろ』……とでも言えば、僕がガルシア君に斬りかかると思っていたんじゃないかな？」

「何故……それを……」

「妹さんのことを持ち出せば、ダイゾーさんなら喜んでその提案に乗っただろうね。僕だって同じ立場だったらやるかもしれない。でもタネが割れてる以上、引っかかったりはしないさ」

ミゲルは自身の不覚を悟ったような表情になったかと思うと、そのまま力尽きた。絶命しているのは明らかだった。

「済まないね。勝手に仇討ちをしてしまった」

ローマは納刀するとガルシアに詫びた。だがガルシアは怒ってはいないようだった。

「構わんさ。俺がアンタの立場でも同じことをしている。それに、アンタと戦う羽目にならなくて良かったとも思ってる」

ローマはそれを聞くと、ガルシアに部屋を出るように促す。そして床に倒れ伏したミゲルを一瞥すると、こう言った。

「……死体はこのままにしておこう。いつかこの館が取り壊されるその日まで、一人寂しく過ごすのがお似合いだからね」


ローマがガブリエラの部屋に戻ると、アドリアナが出迎えた。

「あ、お帰りなさい。ゆっくり休めましたか？」

「うん、お陰様でね。今、とっても調子がいいんだ」

そう言ってローマはベッドのガブリエラに視線を向ける。

「ところで……ガブリエラと二人にしてくれないかな。勿論、変なことをするつもりはない」

「理由を尋ねてもいいですか？」

「ガブリエラはね、僕の大切な人が残したたった一人の家族だったんだ。眠ったままでも、色々と報告したくて」

「そういうことでしたら……ごゆっくり」

アドリアナは頭を下げて、退室した。

「……改めまして、かな」

ローマは眠っているガブリエラに語りかけ始めた。

「君のお兄さんとは入隊時期が同じでね。僕は人を治す方、お兄さんは人を壊す方が得意で僕らは全くの正反対だった。それでも何故か気だけは合ったんだ。いや、そう思っていたのは僕だけかな？」

当然、ガブリエラからの返事はない。

「軍に入ったことで、かえって王国がもう手の施しようがない状況にあるんだと気づかされた。だけど僕はそんな現実を見ない振りをして、ただ軍医として任務をこなす日々を送っていた。自分の心にモルヒネを打っていたようなものさ。きっと君のお兄さんはそんな僕を軽蔑していたと思う。だからこそ……君のことだけは助けたいんだよ」

ローマがそう言った瞬間、ガブリエラが微笑んだ……ように見えた。何にせよ、一瞬のことだ。もう確かめようがない。

「もしかして今、笑ったかい？　それとも僕の気のせいかな」

ガブリエラの返事はなくとも、ローマはただ語りかけ続けた。

「何にせよ、こんな話でよければいくらでも話すからね……いくらでも、ね」

アントニオEND
（演＝サリエリ）

暗い書庫。アントニォは床に置いた燭台《しょくだい》の明かりを頼りに一人何かを漁っていた。

「……あった！」

アントニォは楽譜を手にして、狂喜する。

「ははははは、これもこれもこれも……実に懐かしい。いかにもあやつらが作りそうな曲だ」

そして愛おしそうに楽譜を眺める。

「呆れるほど難解で……世間とは没交渉で……そして……なんと格調高い楽譜なのだろうか。やはりオリジナルはこうでなくては」

突然、部屋の照明が点く。アントニォが入り口に視線を向けると、そこにはイシドロが立っていた。

「やはり私の見込み通りでしたね」

「探偵がこんなところに何の用だ？」

「あなたと同じで探し物ですよ。実は政府高官に好事家《こうずか》がいましてね。宮廷音楽家たちの手による楽譜をご所望なのですよ。私はこんなナリはしてますが専門はロックでしてね。楽譜の見分けがつかないんです。だから、あなたがそれを見つけるのを待っていたのです」

アントニオは楽譜の束を握りしめたままイシドロにこう尋ねる。

「ほう……ではここまでの事件も貴様の仕業か？」

「ガブリエラさんに関しては別に殺すつもりではありませんでした。屋敷の中を自由に動くための口実が欲しかったんです。そのために誰かが倒れてくれさえすれば良かった。サラザールが運んできたワイングラスを取るついでに、残ったグラスの内の一つに毒を入れたのですよ。まさかたった一つの毒入りグラスを引き当てるとは。本当に運のない女性だ」

イシドロはくっくっくと低く笑う。

「殺すつもりはなかった、か。ではサラザールやバルガスの死はどう説明する気だ？」

「あれは私にしては迂闊でしたね。倉庫を密《ひそ》かに物色していたら、サラザールに見つかってしまいまして。仕方がないので始末しました。ほどなくサラザールを探しに来たバルガスに声をかけられ……これも始末しました。たまたま私に背を向けてくれたのでね」

「なるほど。これ幸いと、相討ちを装ったわけか。外道め。そして最後は我を殺すのか？」

だがイシドロは首を横に振る。

「そう見られるのは不本意ですね。私にとって殺しはあくまで手段、目的ではありません。楽譜を全てこちらに渡していただけたら、見逃してさし上げますよ」

アントニオの頬を一筋の汗が伝う。

「……答えを考える時間はくれるのだろうな？」

「考える必要がありますか？　所詮はカビの生えたような音楽、あなたを認めなかった者たちの作った曲なんて忌まわしいでしょう」

イシドロがそう口にした瞬間、アントニオは手にしていた楽譜をぶちまけた。

「貴様に何が解るか！　シモンの、フェルナンドの、ダビッドの、アウレリオの……あやつらの才能も知らないで、好き勝手抜かすな！　世間とは没交渉の、袋小路の芸術だったとしても……あそこは我の全てだったのだ」

イシドロは理解できないという表情でアントニオとその周囲の楽譜を眺める。

「あーあー、こんなにばらまいてしまって……拾い集めるのが大変ですね。でも今のは取引を拒否するという意思表示ですから……ここで始末されても文句ありませんよね？」

しかしアントニオに怯んだ様子はない。

「最初から貴様のような外道が我を見逃してくれるとは思っていない」

「随分と信用がありませんね」

「貴様はその道では一流かもしれないが……人の心の機微《きび》だけは解らなかったようだな」

そう言ってアントニオは燭台を足で倒す。すると火は楽譜に燃え移り始めた。それでようやくイシドロの顔に動揺の色が浮かんだ。

「貴様、何を馬鹿なことを！」

「欲しければ火を消せばいいだろう」

「お前も一緒に火を消せ！　このままでは楽譜だけでなく屋敷も灰になるぞ」

「だからどうした？　それで困るのは我ではない」

動こうとしないアントニオを無視して、イシドロは楽譜に付いた火を踏み消そうとする。

「畜生、なんで消えない！　ああっ!!」

楽譜から火が燃え移り、イシドロの身体は火に包まれた。

「ああ、燃える！　熱いいいいいいい！」

そんなイシドロをアントニオは冷たい瞳で眺めるだけだった。

「愚か者が。楽譜を諦めれば助かったものを」

そうしている間に火は炎となり、部屋中に広がってしまった。

「とはいえ、これで我もここから出られなくなったな」

最早脱出も叶わない火勢になり、アントニオは部屋の中央部にただ立ち尽くしていた。

そこへ突然、ドアが開かれる。炎の向こうに現れた顔はエリスだ。

「ちょっと、おじ様？　何してるの!?」

エリスは火に阻まれて部屋の中までは入れないでいた。

「我の後をつけてきたのか。残念ながら我はここまでだ。間違ってもここに入ってこようとするなよ？」

事も無げにそう言い放つアントニオをエリスは信じられない表情で見つめる。

「嘘でしょ？　助けを呼んでくるから」

「よせ！　どうせこの勢いでは消火はもう間に合わない。火の勢いがまだ弱い内に他の者たちと一緒に逃げろ」

「だけど……」

エリスはまだ迷っているようだった。たとえ正論でもアントニオを見捨てて逃げる気にはなれないのだろう。

「……部屋が燃えるまでまだ時間がある。それまで少しだけ話をしてやろう」

そう断って、アントニオは語り始める。

「宮廷を追い出された二日後、あの革命が起きた。たまさかの幸運に我は安堵し、そして歓喜した。我の才能を認めぬ者たちがまとめてこの世を去ったのだ。我が復讐は運命の手によってなされたというわけだ。なりふりはともかく生き延びた者が勝者だとその時は心から思っていた。そして生き延びたからにはひたすらに売れる曲を作り、この国の歴史に名を刻んでやろうと誓った」

炎に照らされ、肌を焦がしながらアントニオは語り続ける。

「そして十年経ち、我は誰もが認める音楽家になった。だが……俗世間でどれだけ評価されようと、我が心の穴は決して埋まらなかった。それどころか、新しく曲を作る度にあの者たちの嘲笑が聞こえてくるのだ」

「……恥ずかしくて直接言えなかったけど、私、おじ様の曲が好きなの！」

「そんなしおらしいことも言えるのだな」

アントニオは冗談めかして笑った。

「素敵なのは当たり前だ。我が好きな曲を模倣《もほう》しているのだからな」

「模倣……どういうこと？」

「宮廷の音楽だが、ともすれば大衆には難解で退屈と受け取られかねないものばかりだった。我は奴らの音楽をベースに、聴きやすい曲ばかり作った……我のやっていたことは、いわば翻訳だ。奴らが生きていれば嗤《わら》うだろう。実際、我の目から見ても粗悪な模倣品なのだからな。何のことはない。憎んでいた奴らの音楽を一番愛しているのは我だったのだ」

炎の勢いが増し、焼けた本棚が崩れ始める。じきにアントニオも同じ目に遭うであろうことは明らかだった。

「そろそろお別れのようだ。だが悲しむ必要はないぞ。きっと我はあの日に死んでいたのだ……帰りたかった場を永遠に失ったあの日にな。我の才能は紛い物だが、お前の歌は本物だ。我がいなくとも充分にやっていけるだろう」

「おじ様の馬鹿！　なんでそんなこと言うのよ！」

「淑女らしくないその物言いだけは早く直しておけ。もう我はお前をかばってやれないのだからな……」

「おじ様!!」

アントニオは炎に包まれ、そして……。


アントニオは闇の中で一人、倒れ伏していた。

「我は死んだのか？」

アントニオが顔を上げると、彼を見下ろす人影の存在に気がついた。

「おお、シモン、フェルナンド、ダビッド、アウレリオ……我を嗤いに来たか」

人影は何事か囁く。

「なんだ、悪口ならもっとはっきりと言え。貴様らのそういうところが好かんのだ」

限界を迎えたアントニオは頭を垂れ、目を閉じてしまう。それでも口だけはまだ動いていた。

「だが今なら貴様らを見返すだけの曲が作れる……だから……まずは貴様たちの曲を聴かせ、ろ……」

やがてアントニオは完全なる静止を迎えた。だが、その口元は満足げに微笑んでいた。

エリスEND
（演＝ジャンヌ・オルタ）

大広間。エリスは唐突にこう告げた。

「私、犯人が解ったかもしれない」

「え、本当ですか？」

エリスは肯く。

「ですが、犯人はどうやってガブリエラさんに毒の入ったワインを飲ませることができたのですか？」

「ガブリエラが選んだグラスだけに毒が入っていた……そう考えるのがそもそも間違いだったのよ。実際は全てのグラスに毒が入っていて、どれを選ぼうと結局は同じことだったというのが真相よ」

エリスの推理にアドリアナが疑問を呈する。

「全てに毒が入っていたというのなら、他の招待客にも中毒症状が出ていないとおかしくありませんか？」

「説明が足りていなかったことについては謝るわ。ワインの中に入っていた毒は極少量だったのよ。だから普通の人間が飲んでもいきなり中毒になることはない。けど、日頃から毒が身体に蓄積していたら、その一杯が最後の一押しになる可能性があるでしょう？」

「なるほど、そういう考え方もあるね。砒素《ひそ》なんかもそんな風に人体に蓄積するタイプの毒だ」

ローマが同意する。だが、同時に首も傾げていた。

「だけどその推理を採用すると、犯人は日頃からガブリエラさんの食事や飲み物に毒を入れることができたわけだけど、そんな人物は限定されるよね」

「そう、普段から食事にそうした毒を混入させることができる立場の人間……使用人よ」

厭な間があった。やがて皆の視点がこちらに集まってくる。

「そしてアンタが犯人なんでしょ？」

そう言ってエリスは私を指差した。

「どうして……」

私は思わず、そんな言葉を漏らしてしまった。

「アンタはいつも私たちから少し離れて付き添って、あれもこれも見ていた。アンタさえその気になればいくらでも狡猾《こうかつ》に立ち回れたことでしょうね」

「派手な陰謀が飛び交う場だからこそ、疑われないと思っていたのに……」

私は膝を突いて、負けを認めた。

ガブリエラの部屋。眠っているガブリエラにエリスは話しかけた。

「ねえ、カオル。まだ起きないの？　それとも昔の名前なんかもう忘れちゃった？」

当然の如くガブリエラは答えないが、エリスは構わずに続ける。

「私ね、ここにやってくるまでアンタに何を言おうかずっと考えてたの。でも『久しぶり』とか『元気？』とか月並みなやつしか思い浮かばなくって……」

話しながらエリスはガブリエラのベッドに近づく。

「それでもアンタが私のことを憶えててくれたなら、陳腐な挨拶でもいいと思ってたんだけど、そんな素振りも見せないから、ついひどいことを言っちゃった」

そしてベッドの傍にある椅子に腰を下ろした。

「それでもアンタが本音で返してくれるかなって期待してたんだけどな。まさか答えを貰う前に毒で倒れちゃうなんてね」

そう言ってエリスはガブリエラの手を握る。

「もう犯人を捕まえたんだからさ……だから早くよくなってよ。絶交の言葉だっていい。私はただアンタの返事を待ってるんだから」

部屋が暗くなり、繋いだ手だけが暗闇に浮かび上がる。そして最後の瞬間、ガブリエラの手がエリスの手を握り返すかのように動いた。

イシドロEND
（演＝トリスタン）

大広間。アドリアナは一同に囲まれながら、何事かを語っていた。

「……犯人の誤算はただ一つ、わたしこそが名探偵だったと気がつかなかったことです」

そう言うとアドリアナはカメラに向かって見得を切った。

「そして……犯人はあなたですね！」


「はい、カット！」

モリアーティの声を聞いて深く安堵した。

なんとか撮影を終えることができた……。

「これで全員クランクアップだね。お疲れ様でした」

モリアーティがそう告げると、マシュは真っ先にトリスタンの許へ駆け寄った。

「すみません、トリスタンさん。折角の見せ場を奪うようなことをしてしまいまして……本当ならアドリアナではなくイシドロが解決しても良かったのに」

だがトリスタンに気分を害した様子はない。

「ああ、それは構いませんよ。私の察しが悪いせいで、あなたには随分と迷惑をかけてしまいました。これは聡明なあなたが得るべき当然の対価です」

「そう言っていただけると、気持ちが楽になります」

そこにオジマンディアスとアーラシュが現れる。

「途中で脱落したのは大変に不本意だったぞ。まさかこの余が指を咥《くわ》えて見ていることしかできんとはな」

口ではそう文句を言っているが、その表情は明るい。

「だが……またこうした微小特異点が見つかれば、その時こそは必ず主役になってみせよう」

「はい、楽しみにしてます」

続いてアーラシュが口を開く。

「あとはラッシュフィルム確認して、編集待ちだっけか。まあ、今更もう撮り直しもないだろうがな。嬢ちゃんの活躍はそんぐらい輝いていた」

「アーラシュさん、ありがとうございます」

そう言ってマシュが視線を別の方向に向けると、何か言いたそうな表情のジャンヌ・オルタとサリエリが。

「……今回は仕方ないわね。私の負けよ。でも次は絶対に負けないから。絶対にね！」

「はい、お待ちしてます」

「隙あらば主役の座を奪ってやろうと狙っていたが……想像以上の名演だ。まさに後生畏るべしだな」

「サリエリさんにそこまで褒められるなんて……とっても光栄です」

ジャンヌ・オルタとサリエリが離れると、龍馬とモリアーティが近づいてきた。

「マシュ、お疲れ様。今日の演技は良かったよ」

「私も同意見だネ」

「お二人揃って……本当に感無量です」

「マシュの好演があって良かったよ」

私も二人の尻馬に乗って褒めると、マシュは真っ赤になって照れていた。

「あ、そういえば紫式部さんは大丈夫ですか？」

マシュは何かを誤魔化すように話題を変えた。

「まだ意識を取り戻さないが、それも時間の問題だろう」

「できれば特異点からの退去タイミングが来るまでに目を覚ましてくれるといいのだがね。我々はこれからお見舞いに行くよ」

そう言ってモリアーティが踵《きびす》を返すと、みながその背中に従う。

「わたしも後ほど伺います」

式部の見舞いのためにみなが大広間から退場していく中、マシュとトリスタンは動く気配を見せなかった。

「あの……マシュ、トリスタン。そろそろお見舞いに行かない？」

だがそれでも二人は一向に動こうとしなかった。しかしその二人の姿は対照的で、マシュはどこか焦ったような表情を浮かべているのに比べ、トリスタンは落ち着き払っている。

一体これはどういったことだろう。

「そうですね、用が済んだら行きますよ。ねえ、マシュ？」

トリスタンの言葉にマシュは動揺の色を見せる。

「トリスタンさんはまだこちらに用があるのですか？」

その反応に、トリスタンは微かに口角を上げる。

「おや、その言い方では、まるで私にここ以外のどこかに行って欲しそうですね、マシュ？」

マシュは驚愕の表情を浮かべる。

「どうやら図星のようですね。ところで、あなたが用があるのはこれではありませんか？」

そう言ってトリスタンがどこからか取り出してみせたのは何の変哲もないゴミ箱だった。

マシュの表情が更に歪む。

「このゴミ箱がどうしたの？」

カメラマンである自分が思わず口を挟んでしまった。だがトリスタンは律儀にも、こちらに向けて話しかけてくれる。

「おや、マスター……。ああ、まだ気がついていなかったのですね」

トリスタンは一拍の間を置き、目をカッと見開いた。

「マ、シュ、が、全、て、の、黒、幕、だ、と、い、う、こ、と、に」


「ええっ!?」

トリスタンがそう断じた理由は解らないが、マシュの反応を見ている限り、どうやらそれが真相のようだ。

とりあえずトリスタンの話を聞くことにした。

「曇りなき眼で事件を眺めれば明らかですとも。舞台の外部から来た探偵はバックボーンを欠き、ともすれば部外者になりがちです。故に今回のような場合、物語の中心に食い込むのは容易ではありません。まして探偵助手となれば、ね」

トリスタンの言葉が本当なら、式部の昏倒はマシュが物語の主役になるために仕掛けたということになるが……。

そう思いながらマシュを見つめていたら、彼女は突然嗚咽《おえつ》を漏らしながら、罪の告白を始めた。

「わ、わたしは脇役が厭だったんです。でも紫式部さんはわたしを目立たせるつもりがなくて……だから、ずっと前の事件の際に手に入れて大事に保管しておいたパラケルススさんの薬を飲み物に混ぜて飲ませたんです！」

「なるほど、紫式部がパラケルススに薬を貰いに行ったことをあなたは知っていたのですね。だから手持ちの薬を飲ませてもバレないと思った……」

「はい……そして紫式部さんはあっさり飲んでしまいました。あの瞬間、心の底から勝利を確信しました」

「ですが、この犯行には大きなネックがありました。あなたは自分で捨てた包み紙を証拠にし、紫式部が自ら薬を服用したと主張した。ですが飲み物に薬を混ぜたのがあなたである以上、ゴミ箱の包み紙に紫式部の指紋がつく筈もない。それどころかあなたの指紋が残っている可能性すらあります。そんな動かぬ証拠をあなたは始末したかった」

マシュが最後の最後でミスを犯したということになるが、トリスタンが指摘しなければ誰も気がつかなかったに違いない。規模は小さいが、完全犯罪が行われるところだった。

「紫式部さんさえ退場させればあとはトリスタンさんを操って、いくらでも自由に動ける自信があったんです」

「そして実際それは上手く行っていた……途中までは、ですが。マシュ、あなたの誤算は私の道化ぶりがただの演技だったと見抜けなかったことですよ！」

「演技かなあ……？」

そんな野暮な言葉がつい口を突いて出てしまった。だが、トリスタンは動じない。

「……そうですね。眠れる名探偵トリスタン……あなたを侮っていました。完敗です」

マシュはうなだれ、手錠を受け入れるように両手を差し出した。

「どんな責めも受け入れます……」

「おやおや、何か勘違いしていませんか？　私は別にあなたを告発するつもりはないんですよ」

マシュは顔を上げる。その表情はとても意外そうだった。

「あなたは紫式部の体調を慮って薬を飲ませた……しかし倒れた彼女に代わって現場を引っ張り、見事映画を完成まで導いた。それでいいじゃありませんか」

「え、でもそんなこと……」

「罪を憎んで人を憎まず、ですよ」

そう言って優しく微笑むトリスタンに、マシュは両目を覆って詫びる。

「本当に……申し訳ありません……」

そんなマシュから視線を切り、トリスタンはこちらに話しかけてきた。

「なかなかに面白い機会でしたね。これからも私の頭脳が必要な際はいつでもご用命を」

そして目を開くと、カメラに向かって一礼する。

「それでは……名探偵トリスタンでした」

第四章 ラッシュフィルム

「はい、カット！」

モリアーティがそう叫ぶと、安堵のため息がつい漏れてしまった。これで五つの結末全てを撮り終えたことになる。

「お疲れ様でした、先輩」

マシュの労《ねぎら》いに思わず笑顔になってしまう。

一時はどうなるかと思ったが、これでひとまず当初の目的は果たすことができた。

「映画撮影も共同作業だけど、同人誌を作った時とはまた違った達成感があるわね」

腕組みをしたジャンヌ・オルタが感慨深げにつぶやく。そんな彼女に同意を示していると、大広間に入ってきたアーラシュがこちらに駆け足で向かってくるのが視界に入った。

「おう、紫式部が目を覚ましたぜ」

マシュがこちらを促すように見る。

「先輩、行きましょう！」


例の部屋に入ると、式部は既にベッドから降り、一同を待っていた。

「みなさん、この度は本当にご心配をおかけしました」

式部は深々と頭を下げる。その姿からは申し訳なさが滲み出ていた。

「あれは不幸な事故だったんだし、紫式部は悪くないよ」

「あ、あの、それで撮影はどうなっていますか？」

「実は式部さんが眠っている間に、わたしたちでどうにか完成までこぎ着けましたよ」

式部を安心させるようにマシュが答える。

「え、完成したのですか？」

式部が詳しく知りたそうな気配だったので、こちらで補足する。

「途中まではアドリブで繋いで、最後に結末を五種類も用意して……大変だったけど、どうにかなったよ。ねえ、マシュ？」

マシュは肯いて、説明を継いだ。

「ええ。現在ムニエルさんが鋭意編集作業中ですが、仮編集フィルム《ラッシュ》ならあります。よろしければ見ますか？」

「……ええ。お願いします」

そう答える式部の表情に僅かながら不安の色が含まれているような気がしたのだが、問いただすことはできなかった。

試写室での上映が終わった。

最後は五種類の結末を立て続けに流されていささか胸焼けがしたけども、どれも悪くなかったように思える。

「どうだった？」

そう尋ねながら式部の顔を見ると、彼女ははらはらと涙を流していた。だが表情から判断するにこれは感動の涙ではない。むしろ……。

「ああ、なんということでしょう……」

式部は明らかに悲しんでいた。

「そんなにひどい出来だった？」

面白い映画が撮れたつもりでいたけれど、ずっと撮影をしていたせいで客観的な判断力を失っている気もする。

式部は静かに首を横に振ると、涙を拭いた。

「いいえ。撮影を続行し、完成までこぎ着けたみなさんには感謝の気持ちしかありません。ただ……全て私が悪いのです」

そう言う割には何が悪いのか口にしてくれる気配はない。おまけによく見ればまたうっすらと涙が浮かんでいる。とてもではないが、このままでは真意を問いただせない。

ホログラフのアンデルセンが現れる。

「式部よ。言いたいことはここで吐き出しておくべきだと思うが」

「いえ、私にそんなことを口にする資格なんて……」

そしてホームズもホログラフで現れて口を開く。

「残念ながら、この事件にはタイムリミットがある。まだるっこしい問答は省略させてもらおう。この映画の舞台設定と登場人物は彼女がかつて書いた『源氏物語《げんじものがたり》』の変奏だったんだ」

「え、そうなの？」

思わず声が出てしまった。一方、アンデルセンは怒りの表情を浮かべていた。

「ホームズ！　おまえにデリカシーはないのか？　俺ですらためらうことをよくもぬけぬけと」

マシュも呆けた様子で話を聞いていた。

「『源氏物語』についてはわたしも断片的な知識しかありませんが、そう言われてみると確かに……」

「……今更説明するのも心苦しいのですが、ホームズさんのご指摘通りです。ミゲルとガブリエラの関係は光源氏《ひかるげんじ》と紫の上《むらさきのうえ》になぞらえたものです。幼い頃にミゲルに引き取られて、一人前の淑女に育ったガブリエラ……そんな彼女がいきなり自由の身になったとしたら、いったいどんなことが起きるのか。それをシミュレートできるような舞台設定にしました」

　そのコンセプトを最初から共有してくれていたら、どれだけ撮影が楽になったことか……。

「王子とその従者、お医者様、天才芸術家、謎の探偵たち、忠実な従者、そして意地悪な歌姫……もっとも、舞台や登場人物に関してはいくらか私自身の人生からも引いてきて辻褄を合わせましたが。私の構想ではガブリエラを中心に様々な愛憎劇が繰り広げられる予定でした」

　シェイクスピアまでホログラフで現れて、口を挟んできた。

「なんと、紫式部本人による『源氏物語』の再話、もとい再構築とは最高に贅沢ではありませんか。さしずめアントニオは在原業平《ありわらのなりひら》、エリスは清少納言《せいしょうなごん》といったところでしょうか。そしてあの鳳凰の紋章から察するに、鳴鳳荘は平等院鳳凰堂《びょうどういんほうおうどう》……」

　シェイクスピアは自分が言葉を重ねるごとに式部の表情が暗くなっていくことに気がついて、慌ててフォローを入れる。

「いや、もはや今となってはどうでもいいことですな。ところで吾輩のカンではガブリエラと結ばれる予定だったのはサラザールなのですが、いかがでしょうか？」

　シェイクスピアの言葉に式部は目を伏せた。

「ガブリエラはサラザールとは親密になるのですが、途中で彼が戦争で記憶を失った実の兄……ダイゾーであることに気がつくのです。なので、二人は結ばれません」

「薫《かおる》大将《たいしょう》と浮舟《うきふね》の要素も入っていたか。いや、折角の機会に欲張りたい気持ちは解るが」

アンデルセンが唸る。

「してみると、まあ僕らの推理も当たらずとも遠からずだったってわけだね」

「ですので、本当はサラザールも岡田様に演じていただく予定でした」

「うん……以蔵さんじゃなくてバーソロミューを選んだのはいい判断だったと思うよ」

アクシデントはあそこから既に始まっていたわけで、よくもまあ完走できたものだ。

「で、誰とくっついて終わる予定だったの？　それぐらいは聞いとかないとなんか気持ち悪いでしょ」

そこは言い方ってものがありやしませんかね……。

だがそんなジャンヌ・オルタのストレートな物言いにも式部は首を横に振る。

「ご期待に添えないようで申し訳ありませんが……ガブリエラは誰とも結ばれません」

「はあ？」

「そもそもミゲルとガブリエラは表向きは夫婦ですが、実際は養父と養女の関係なのです」

「なんでそんなややこしい関係にしたのよ？」

「ただの養女と未亡人では、殿方のアプローチにも違いがありますから」

「残された養女のことを思えばこそ、か。初代大統領の未亡人と承知して懸想《けそう》するには相応の胆力が必要だからな」

サリエリの言葉に式部は肯く。

「だから劇中の殿方は様々な思惑を抱いてガブリエラに接近してくるわけです。彼女は彼女で、相手が自分にどこまで好意を抱いているのかを探っていくのですが……ガブリエラはある瞬間、ミゲルこそ打算のない愛情を注いでくれた男性だったと気がつくのです」

モリアーティは「ほう」という表情で口を開く。

「ああ、肖像画の下絵を描いて貰っている最中に北斎へ出していた指示はそういう意味だったんだね。そういう結末を用意していたのなら、肖像画は夫婦より親子に見えるように仕上げた方がいい」

「作家というのは……本当に業の深い生き物ですね」

式部はまるで懺悔《ざんげ》でもするかのような佇《たたず》まいでそう言った。

「シオンさんのお話を受けた段階では、お役目を無難にこなすつもりでした。しかしカルデアにいる古今東西の英霊を任務という名目で私が自由にキャスティングし、自在に動かすことができると気がついた途端、欲が出てしまったんです。今の私だからこそ紡げる物語を、最高の布陣で完成させたいと……」

「そりゃあ、こんな機会は二度と訪れないよね……」

私は余計なことだと思いつつ、ついそんな口を挟んでしまった。

「それが自分の手に余ることとは解りつつ、欲望には抗えませんでした。だからこの結果も身の程知らずの私にとって必然だったような気がします」

「だけど映画撮影なんて専門外だよね。ここで無理しなくても、時間がある時にゆっくり新作を書けば良かったんじゃない？」

私の問いかけに式部はかぶりを振る。

「作家ならただ書けばいいとお思いでしょうが、私の生きた時代には書くより他に物語を残す手段がなかっただけです。しかし現代では物語は多種多様な媒体で広まっています……もちろん、自分の書き上げたものに対して相応の自負もありますが、映画という形式にも、みなで力を合わせて完成させる手法にも興味があったのです」

式部の悩みとはつまりこういうことかもしれない。

自分の才能が認められたのは、ただあの時代に生まれたお陰ではないのか……そして今の時代に自分の才能が通用するのか……。

まったく業の深い話だ。式部の才能なんて誰もが認めている筈なのに、こうした形でも確かめずにはいられなかっただなんて。

「新しいことに挑んだ割に、自分の代表作と自分の人生をつぎはぎした台本を用意してしまうあたり、根本に自惚《うぬぼ》れがあったのだと思います……」

自虐的にそう語る式部にマシュが慌ててフォローの言葉をかけようとする。

「もしそのストーリーで撮影できていたら、とても素敵な映画になったでしょうね」

マシュはそう言ってからすぐに思い直したように言葉を継ぐ。

「いや、今からでも撮影を……」

だがその言葉はホログラフのシオンによって遮られた。

「残念だけど、タイムアップよ。あと三時間もしない内に撮影スペースの大半が崩壊する。特異点消滅はまだ先だけど、そんな沢山のカットを撮る余裕はないわ」

「あの……結末だけ撮り直すということはできないのでしょうか？」

「勿論、そうしたいのなら止めないけど、撮れたところで数カットよ？　編集中に見つかったカット間の矛盾を繕うのが関の山。紫式部の希望に沿うようなお話になるとはとても思えないわね」

マシュは尚も食い下がるが、シオンは一蹴する。無念そうなマシュの様子を見て、式部が焦った様子で声をかける。

「マシュさん、私は本当にいいんです」

「ですが……」

「当の式部がこう言っているんだ。もう忘れろ」

マシュをアンデルセンが強い口調でたしなめた。その模様を見ていたシオンは、一同にこう告げた。

「一応、みなさんには特異点で待機していてもらいましょう。編集中に何かおかしなところが見つかったらいつでも撮り直せるようにね」


廊下を二人で移動していると、突然マシュが袖にすがりついてきた。

「先輩……本当にこれでいいんでしょうか」

「マシュ……」

かける言葉が見つからない。マシュがシオンの指示に納得していないのは明らかだ。

「みなさんと一緒に作ったこの結末たちに不満はないんです。ですが、式部さんが思い描いていた本来の結末を知ってしまった今となってはどうも落ち着かなくて」

「うん。できることなら、式部が満足する形の結末を撮影してあげたいよね……」

マシュの気持ちを肯定してあげたつもりだったが、マシュの表情は晴れない。

「そうなんです。そうなんですが……矛盾する気持ちもあるんです。式部さんの願う結末を肯定してしまうと、みなさんと奮闘した時間を否定してしまう気がして……正しくない結末に至るから全て無意味な時間だったなんて、思いたくないんです」

私もあの時間が無駄だとは思いたくない。一方で、望まれていない結末が沢山生まれてしまったことも事実だ。

「本来、結末なんて一つしかないんですから、我《わ》が儘《まま》なことを言っている自覚はあります」

マシュの言葉に胸が痛む。こんな面倒な気持ちになるぐらいだったら、生まれる前に剪定しておくべきだったかもしれない。自分はマスターなのだから、それぐらい言う権限はあった筈だ。

「ですけど、このままただ編集が終わるのを待っていいのかなって……ねえ先輩、どうにかなりませんか？」

読者への挑戦

さて……このお話はここまでが問題編ということになるのだろうかね。

いみじくもあの探偵が口にしていたように、謎というのは疑うことで初めて生まれる。故に、私はあなた方が疑うまで敢えて口をつぐんでいたのだが……もういいだろう。

解くべき謎はただ一つ。即ち、どうすれば今のマシュ君の悩みを解決できるか、だ。いかにアイデアがあろうと、物語の結末は一つだ。これは致し方あるまい。しかし式部の願いも皆の努力も無理なく両立させる解が存在するとしたらどうだろう?

勿論、シオンが繰り返していたように、もう根本的には撮り直せないわけだが。

まあ、ページをめくれば解決編が始まるわけだが、その前に少しぐらい考えてみるのも一興かもしれんね?

終章

甦る『鳴鳳荘殺人事件』

私は……マシュの問いにどう答えればいいんだろう。

答えに困っていると、廊下の向こうからモリアーティがひょっこり現れる。

「やあ」

モリアーティはにこやかに挨拶をすると、こちらに歩いて来た。そして何気ない口調でこう語りかけてくる。

「実は君たちが悩んでいることについて、私から一つ提案があるのだがね」

「もしかして何か良いアイデアが？」

マシュが不安そうな表情で尋ねる。

「決してベストとは言わないが、君たちの思う最悪は回避できると思うよ。そう、私を主役にすればね」

「ええっ⁉」

思わず素っ頓狂な声が出てしまった。

「どうしたのよ⁉」

ジャンヌ・オルタが駆け寄ってきた。他にも私の声を聞きつけたキャストたちが続々と廊下に集まってきた。

「いや、モリアーティがこの映画を〝完成〟させる方策があるって言うから……」

そう言うと、みなはモリアーティの顔を見つめる。モリアーティは少しバツが悪そうに口を開いた。

「……ホームズが聞いたらまた邪推するだろうが、最初にこれだけは断っておきたい。私は別にこの映画の主役になりたいわけではない。あと自分のイメージを良くしようだとか、そういうつもりもない。ただ君たちの気持ちを考えると、私を主役にするのが一番収まりがいいと思っている」

オジマンディアスが怪訝そうな表情でこう尋ねる。

「つまりそれはミゲル・アンヘル・コルテスを主役に据えるということか？」

「勿論だとも」

「流石にそれは無理があるでしょ。アンタ、自分がどれだけ悪人に描かれてると思ってるのよ？　それこそ今から撮り直したってどうにもならないぐらいでしょうに」

別にモリアーティを否定したいわけではないが、ジャンヌ・オルタの意見はもっともだ。今更何をしようが、悪いイメージが染みついてしまっている。

しかしモリアーティに堪えた様子はない。

「私はそうは思わんのだがね。そして何より、もう撮影は済んでいる！」

一同は驚愕した。

「いや、言い過ぎたね。でも、ほぼ済んでいるというのは本当だよ」

「どういうことだ、モリアーティよ？　我にはさっぱり話が見えないのだが……」

サリエリが尋ねる。

「そうだね……例えば君たちは突然倒れた紫式部を心配していただろう？」

「ええ。それはもう……」

「だったらその一幕もガブリエラを心配しているシーンとして再利用できるじゃないか」

そうだ……どうしてこれが思いつかなかったのだろう。

「それだけじゃないよ。冒頭部分を撮り終えた直後、こんなやりとりがあったことを憶えているかな？」

「これで終わりとは……何とも呆気ないものだな」

「私はあなたが先に放棄するものと考えていたのだがネ。どうやら私の方が短気だったようだ」

「主の命とあらば、私は決して裏切らぬよ。たとえそれがどれほど苦難に満ちていようとな」

「その実直さ、ある意味で羨ましいネ」

「確かに二人の間でそんな会話があったけど……それがどうかしたの？」

私がそう尋ねると、モリアーティはニヤリと笑ってみせた。

「放棄と蜂起……これって利用できるとは思わないかな？」

そう言われた瞬間、閃くものがあった。

ここの〝放棄〟を〝蜂起〟と読み変えると、忠義のためにクーデターを起こせなかったリュウに代わってミゲルが動いたというエクスキューズが無理なく挟むことができる。イントネーションの問題はあるが、この際細かいところには目を瞑《つむ》るべきだ。

「……とまあ、立香ちゃんがドキュメンタリー用に撮影していた部分を効果的に挿入することで、ミゲルという人物の印象がかなり変わると思うのだがね」

「もしかして……これまでのわたしたちの奮闘全てが素材になるということですか？」

「そういうことだネ。勿論、なんでもかんでも使えるわけじゃない」

追加撮影の傍ら、使えそうなシーンをより分け編集する……簡単ではなさそうだが、希望は見えた。

「なんという……映画の舞台裏を利用するという点では私と同じですが……発想のスケールが違いました」

トリスタンは打ちのめされた様子だが、ここまで思いつくモリアーティがどうかしているのだ。

そこにホログラフのシオンが現れる。

「はあー、妙なこと考えつくんですねぇ。思わず感心しましたよ。でもタイムリミットは動かせませんので、そのつもりで。まあ、ムニエル氏が限界まで頑張ったら間に合うかもしれないけど……」

ただ、その口調からは可能な限り協力してくれるというニュアンスを読み取れた。

何より、マシュもやる気に燃えているようだった。

「はい。それはもう。でもわたしたちは時間ギリギリまで頑張りますから。ねえ、式部さん？」

マシュの呼びかけに肯く式部の瞳には強い輝きがあった。

「この地獄に垂れた蜘蛛《くも》の糸……決して無駄には致しません」

「ところでどんなお話に仕上げるつもり？」

希望は見えたが、それでも式部の意思は確認しておきたい。

「そうですね……錯誤で人生に絶望していたガブリエラが、養父の愛に気がつく物語にしようかと思いますが」

だけど式部には不安の色はなさそうだった。ある程度、筋道は見えているのだろう。

毒を飲んだガブリエラを起こすために皆が奮闘する……その過程でミゲルという人物の正体も明かされていくという感じになるのかもしれない。

モリアーティは誇らしげな表情で口を開く。

「これで本来の想定とは違ったが、ちゃんとミゲルとガブリエラの物語になるだろう。まあ、ガブリエラの出番が短いために結果的にミゲルがメインになってしまうわけだがね」

「なるほど、このゴールを見ていたのか」

ホログラフのホームズが現れる。その表情はどこか忌々しそうだ。

「どうにもならなくなったタイミングで切り出せば、労なくして主役の座を得られる」

ホームズの嫌みにもどこ吹く風の様子でモリアーティは答える。

「おやおや、人聞きの悪いことを言わないでくれたまえ。私だって、自分の振るまいが映画に利用できるということに気がついたのは偶然だよ。それに私も決して本意ではないんだよ。表に出たがる黒幕なんてナンセンスだろう?」

ホームズはそれ以上の追及を諦めた様子で、こう言った。

「まあ、創造的な芸術家気取りが他人様の役に立てる機会なんてそうはない。せいぜい、粉骨砕身の努力をすることだな」

「そうだね。腰が砕けない程度に頑張るとするよ」

そう言うと、モリアーティは私に優しく微笑みかける。

「さて、それでは……やろうか、立香ちゃん《マイガール》？」

『鳴鳳荘殺人事件』破・急

ベッドで眠っているガブリエラ、そしてそんな彼女を皆は固唾を呑んで見守っていた。そこに私服への着替えを済ませたエリスが入ってくる。

「それで……容態はどうなの？」

エリスの問いかけにローマが答える。

「命に別状はなさそうだけどね。ただ、いつ目覚めるかは解らない」

「飲み物を用意したのはアンタ？」

エリスが怒りの表情でサラザールに食ってかかる。サラザールは困惑しつつ、弁明をする。

「いや、確かに運んだのは私ですが……変なものを入れる余裕なんてありませんでした」

アドリアナが助け船を出す。

「待って下さい。わたしの見間違えでなければ……会場に入る前に何か薬のようなものを飲んでいた気がするんです」

アドリアナはガブリエラに視線を向けながらそう言う。だが、アントニオは納得が行かない様子だ。

「ほう、パーティーの主役が自らの意志で毒を飲んだと？　解せんことだな」

「妙だな。ここまでは全部彼女の仕切りだ。それを自らぶち壊す必要なんてどこにもない」

ガルシアも首を傾げる。

「どうして彼女が薬を飲んだのかまでは解りませんが、少なくともサラザールさんは潔白……だと思うのですが」

アドリアナの疑問にエリスはしばし黙考し、こう答えた。

「……ねえ、こう考えたらどう？　ガブリエラは絶望して毒を口にしたの」

ローマは得心が行ったような表情を浮かべるが、すぐにかぶりを振る。

「だがそれが真実なら、僕らにはどうしようもできない。彼女の心が死んでしまっているのなら、目を覚ましたところで同じことを繰り返すだけだろう」

そう口にしたローマにバルガスはこう提案した。

「我々で絶望の原因を取り除くというのはどうだ？　無論、原因を探すことから始めねばならぬが」

「そのためには彼女が何に絶望して何故死のうとしたのかを正確に把握しなければなりませんが……」

悩むイシドロを眺め、エリスは肩をすくめてみせる。

「私はなんとなく想像がついてるけどね」

「ほう？」

「あんな小さい頃に人生を丸ごと買い取られて……あのジジィが死んで遺産が入っても心に空いた穴までは埋まらないわ。私だって死を選んでると思う」

「何を断ずるにしても証拠が必要だよ」

ローマの言葉にバルガスが同意する。

「決まりだ。では私は屋敷内を捜索する。何か手がかりが見つかるかもしれない」

「うん。手分けしよう。書庫に行く組と、倉庫に行く組で分かれようか」

ローマがそう言うと、サラザールが提案をする。

「それでしたら、私が倉庫まで取りに参りましょう」

「いや、行くなら私と二人でだ。万が一ということもある」

バルガスはサラザールの申し出に異議を挟んだ。

「……そうですか。では一緒に参りましょう」

信用されていないと思ったのか、サラザールはどこか哀しそうだ。

「誤解するな、お前を疑っているわけじゃない。ただ、互いに証人になっておく方が得だろう？」

「確かに二人で行けばどちらかに何かがあった時に疑われるのはもう一方、滅多なことはできない……」

サラザールは得心が行ったように肯く。

「失礼致しました。では参りましょう、バルガス様」

出て行く二人をガルシアは笑顔で見送った。

「おう、気をつけて行ってこいよ。何があるか解らねえからな」


ガブリエラの部屋。一同がバルガスとサラザールを待っていると、どこかで大きな音がし、部屋も微かに揺れた。

「今、何か聞こえませんでしたか？」

アドリアナの問いにエリスは肯く。

「……気のせいじゃないわよね？」

「もしや、あいつに何かあったのか？」

ガルシアは今にも部屋を飛び出しそうだ。そんなガルシアを見て、ローマはこう提案する。

「彼の気持ちは痛いほど解るよ。念のため部屋に鍵をかけて、全員で確かめに行こう」

みなが倉庫に突入すると、床にはバルガスとサラザールが倒れ伏していた。

「バルガス……おい、嘘だろう？」

ガルシアがバルガスの身体に駆け寄る。そんな中、ローマはゆっくりと二人の身体を検め、かぶりを振る。

「二人とも既に死んでるね。見事な相討ちだ」

「どっちが先に仕掛けたのかしら？」

「あいつがそんな卑怯な真似をする筈がない！」

エリスの疑問にガルシアが激昂する。そんなガルシアを慰めるように、ローマが所見を述べる。

「うん、バルガス君の背中に傷がある。おそらくは背後から斬りつけられたのだろう」

「本来はバルガスを一撃で殺して、死体をどこかに隠すつもりだったのかもしれんな。だが仕留め損なって戦闘になった……」

アントニオの言葉に、ガルシアは顔を伏せる。

「あいつが十全の状態なら、数人がかりでかかっても倒せやしないさ。助からないことを解ってて、本気で戦ったんだな」

薬品の棚の近くにある焦げ跡を調べていたアドリアナがみなにこう告げる。

「二人が争ったはずみで、劇薬の入った瓶が落ち、爆発音がしたのではないでしょうか」

「その時点でもう、サラザールは言い逃れのできない状況になってたわけね……だったら生きててくれた方が話が早かったんだけど」

アドリアナが探偵助手らしいことをしている一方で、イシドロは直立不動で立っているだけだった。

「ところで探偵さんはやけに静かね」

「せ、先生は〝眠りのイシドロ〟の異名を持つ方で、推理する際はもの凄く静かなんですよ」

エリスの嫌みにアドリアナが慌ててフォローを入れる。そしてイシドロも助手の尻馬に乗る形でようやく口を開いた。

「……その通りです。こうしている間にも私の頭脳はあらゆる可能性をめまぐるしく検討しています」

「さっきは死神のイシドロじゃなかった？」

「……眠りと死は兄弟と言います。眠りのイシドロと死神のイシドロは表裏一体なのです」

「だから、勿体ぶらないで言いなさいよ」

エリスが苛立った口調でそう言うが、イシドロは動じない。

「ここでは言えません。犯人が聞いてますからね」

「ほう、ということはこの中に犯人がいると？」

ローマの質問をはぐらかすようにイシドロは笑う。

「ご想像にお任せします。ただ、これだけは言えます。このイシドロ・ポジオリに解決できない事件はありません。どうか大船に乗った気でいて下さい」

ガブリエラの部屋。ガブリエラの他にエリスとアントニオがいる。

「……みんな、遅いわね」

エリスは落ち着きなく室内をうろうろしていた。

「調べに行って、もう二時間も戻ってこないじゃない」

「何かアクシデントがあったか、それとも何らかの手応えを感じたかだ。ただ、我々には後者であることをここで祈るしかできない。もっとも彼らは固まって行動している筈だから、よほどのことがなければ無事に戻ってくるだろう」

アントニオの言葉にエリスは肯くが、すぐにこう問いかけた。

「……ねえ、おじ様。サラザールの主人はミゲルだったわけでしょ？　でもそのミゲルはもう死んでいるわけで……命を落としてまでやることってある？」

エリスの問いかけにアントニオは考え込む。

「ミゲルがサラザールを恐怖で支配していたというのなら、その枷はもう外れているだろうな」

「おまけに記憶喪失のサラザールには人質にされるような家族もいないわけでしょう」

「エリス、お前は死んだ人間にそこまで忠義立てできるか？」

「ううん。無理。私は自分の命が大事だし……」

「そう、普通はそうだ。我だってそうなる」

そう言ってアントニオは何かに気がついた表情になる。

「いや……ならばサラザールの殺人は心からの忠義から出た行動だったのではないか？」


突然、満足げに微笑むサラザールのカットバックが挿入される。

サラザールは今にも消えてしまいそうな様子でこう告げる。

「マスター……ただ無為に消えて行くだけだった私に新しい役目を与えて下さったことを心から感謝してます。しかしあなたにとっての障害を残して逝くことになってしまい、申し訳ない気持ちで一杯です。どうか志半ばで去ることをお許し下さい」


「ここまで積み重ねてきた考察とは矛盾するが、ミゲルにはそれだけの徳があったということになる。最早死んでしまったサラザールの胸中など知る由もないがな」

アントニオがそう言うとローマ、イシドロ、アドリアナが戻ってくる。

「お帰り……あれ、ガルシアは？」

エリスの問いにアドリアナは顔を曇らせる。

「ガルシアさんは『どうしても確かめたい場所がある』って叫んだかと思うと、一目散に駆け出して行きまして……今、どこにいるのかわたしたちにも……」

「もっとも彼以外の生存者は全てここにいます。他に何者かが潜んでいない限り、彼は安全と判断しました」

「そして……いくつか収穫があったよ」

ローマは手に持った封筒を揺すってみせる。

「まず、ガブリエラはダイゾーさんの妹だという資料が出てきた」

エリスは複雑な表情で「そう……」とだけ口にした。

「まあ、それ自体は僕の予想通りだったから驚きはしない。だがあの人が……ミゲル・アンヘル・コルテスが、私欲でなく、自分以外の皆のために動いているとしたら……君たちは驚くかな？」

「何を言ってるの？　ミゲルは私利私欲の塊のジジイじゃない！」

憤懣《ふんまん》やるかたない様子で叫ぶエリスをアドリアナがなだめる。

「……革命直前の王国の正確な統計が出てきたんです。そして、この統計から読み取れたのは……当時のナダイ・ナーダ王国が末期状態ということでした」

「そんな……」

言葉を失ったエリスにイシドロは更に追い打ちをかけるようなことを言う。

「初代大統領閣下がこの統計を把握した上で、行動を起こしたことは間違いないでしょう」

「じゃあ、ミゲルのクーデターは結果的には正しかったってこと？」

「だから僕たちは改めて考えなければならないんだ。ミゲル・アンヘル・コルテスが本当に悪人だったかどうかを……」


王宮でのミゲルとリュウの会話がリフレインする。

「さて、タン将軍……投降していただけませんかね。お互いこんな歳で、余計な怪我をしたくないでしょう？」

「コルテス、貴様にはしてやられた」

リュウは顔をしかめる。

「負け惜しみを言うつもりはない。だが貴様の軍が日和見を決め込んでいるのは解っていた。それでも反乱軍を牽制するカカシの役ぐらいは果たすと思っていた。であればこそ、貴様らが睨み合っている内に反乱軍を背後から討つつもりであったのだ」

ミゲルはリュウの見立てを讃えるかのように軽く手を叩く。しかしその目は少しも笑っていなかった。

「流石はタン将軍、その通りですよ。だからこそ、あなたの裏をかく必要があった」

「それが、まさか私の寝首を掻きに来るとはな。貴様らの奇襲で我が軍は崩壊してしまった。だが、ここからどうするつもりだ？　まさか貴様の軍だけで反乱軍を抑えられるとでも？」

「そこだ。あなたは真面目すぎる。実は革命軍とはもう話がついているのですよ。王宮を制圧した暁には私が新政府の代表になります。彼らとて、無駄に血を流したいわけではないのでね」

「……外道が。そこまで腐っていたとはな」

リュウは忌々しげに吐き捨てる。

「悪く思わないで下さい、タン将軍。いえ、あなたが悪いと言うべきですかね」

そこでカットが切り替わり、別角度からミゲルの表情を捉える。だがその表情は悪人のそれではなかった。

「私はあなたが先に蜂起するものと考えていたのだがネ。どうやら私の方が短気だったようだ」

だがリュウは涼しい顔でこう答える。

「主の命とあらば、私は決して裏切らぬよ。たとえそれがどれほど苦難に満ちていようとな」

「その実直さ、ある意味で羨ましいネ」

「……武人としての義は確かにタン将軍にあった。それでも真にナダイ・ナーダのことを考えるなら、タン将軍はクーデターを起こすべきだったんだ」

ローマの言葉にエリスが目を大きく見開く。

「じゃあ、あのジジイはナダイ・ナーダが限界だからって王室を裏切ったっていうの？」

「……王室が腐敗していたのは事実だ。それは宮廷にいた我も認める。あの時にミゲルが裏切らなくても、遅かれ早かれ滅びていただろうさ」

そんなアントニオの言葉にローマは肯く。

「あの人の肩を持つわけじゃないけど、革命軍は決して強い集団ではなかった。あの夜、僕らがタン将軍の軍と挟み撃ちをしていたら、革命軍はまず負けていただろうね。そうなれば残党は地下に潜りゲリラ化していただろう」

「その先には果てしない泥沼の内戦しかありません……ナダイ・ナーダは更に疲弊《ひへい》していたことでしょう」

そう言ってイシドロは小さなため息を吐く。

「そうなってたら私もこんな風に歌っていられなかったでしょうね……」

「にわかには信じがたい話だな。だが筋は通っている。あの男がそこまで見越して国を乗っ取ったというのなら、それはもう英雄ではないのか？」

「英雄と呼ぶにはいささか血にまみれ過ぎだけどね。そして報告だけど、僕の個人的な探し物も見つかったよ」

そう言ってローマは書類のようなものを広げてみせる。

「ダイゾーさんの死亡記録だ。やっぱりあの夜に亡くなってたようだ。タン将軍と相討ちだったらしい。いや、正確にはちょっと違うみたいだけど。この記録によると、どうもこんなことがあったらしい……」


ダイゾーが画面にアップで迫る。

「だいたい、これでしまいなんて今初めて聞いたわ。もしやおまん……わしを騙したんか？」

刀こそ抜いてないが、ダイゾーの身体は殺気に溢れている。

どうしたものかと思案していると、リュウがダイゾーの前に立ちはだかる。

「……野良犬には仕置きが必要のようだな」

そう言ってリュウは愛刀を抜き放つ。

「はっ、暴れ足らん思うとったところぜよ」

ダイゾーは歓喜の表情を浮かべてリュウに斬りかかる。

剣の達人同士の戦いでは、とてもではないが目が追いきれない。

手数が多いのは圧倒的にダイゾーだ。ダイゾーの剣は冴え渡っており、斬る突く払うに切れ目がない。そんな嵐のような攻撃をリュウはどうにか紙一重でかわしているようだった。

数合の攻防があり……そしてその時が来た。

「ふん」

攻撃の僅かな隙で一瞬がら空きになったダイゾーの胴めがけて、リュウが刀を袈裟懸けに一閃した。

「うおおお!?」

リュウの一撃を受け、ダイゾーは転倒した。返事はなく、死んだのは明らかだった。

「流石だネ。一時はどうなることかと思ったけど」

どこかに下がっていたミゲルが戻ってきたが、ミゲルはすぐにリュウの異変に気がついた。

「おや、血が……」

リュウの身体からは出血が見られた。ダイゾーの剣を完全に制することはできなかったようだ。

「……あの者は首輪の嵌まらぬ凶暴な野犬、致し方のない結果よ」

「損な役回りを押しつけて申し訳ないネ」

「これは異なことを。どちらが損かなど、全てが終わるまで解らぬだろうに……私は先に逝く。後を頼むぞ」

ローマは暗い表情で死亡記録を仕舞う。

「……タン将軍の行為は許せないけど、理解はできる。ダイゾーさんが新しい世に適応できないのは明らかだった。きっとタン将軍は責任を取って、ダイゾーさんを斬ったんだ。そしてあの人はダイゾーさんに妹がいることも知っていた……」

ローマはガブリエラに視線を向ける。


闇の中、目をつぶったままのガブリエラ。そこに彼女の声が流れる。

「私があの人と初めて会ったのはどこだったかしら……そう、あれは街の図書館……兄さんと待ち合わせをしていたの」


図書館の中、少女は意固地な表情でこう言う。

「……戻ってくるのを待つわ」

ミゲルはその瞳に深い悲しみを湛えながら、首を横に振る。

「お嬢さん……残念だが諦めた方がいい。二度と帰って来ないものと思った方が楽になる」

ミゲルの言葉を受けて、少女は哀しそうに顔を伏せる。

「そうなの？　だったら……わたしはどうすればいいのかしら？」

そんな少女を慰めるように、ミゲルは優しくこう囁いた。

「私について来なさい。君の欲しいものを何でも用意してあげよう」

「そうだ……あの人は最初から優しかった。兄さんが死んだことなんておくびにも出さず……一人になった私を慰めるように、色々なものを買い与えてくれた」


再びローマが語り始める。

「あの人はダイゾーさんの死にも責任を感じていた。それで妹であるガブリエラを引き取ったってわけだ。傍目には自分の欲望を満たすためにしか見えないだろう……まったく、本心を隠すのが上手な人だ」

苦笑するローマにエリスは食ってかかる。

「全然いい話なんかじゃないわよ。私からしたら失踪と同じなんだから」

そして眠っているガブリエラに向けて、優しい表情を向ける。

「でも辛い目に遭ってたわけじゃないんだ。本当に良かった……」

突然、ガルシアが息せき切って部屋に駆け込んできた。

「これを見てくれ」

ガルシアの手には封筒が握られていた。

「……どこでこれを？」

ローマの問いに、ガルシアは呼吸を整えてから答える。

「バルガスがサラザールに襲われた理由を俺なりによく考えてみたんだ。おそらく……バルガスが襲われた辺りに何か重要なものがあったんだ。バルガスが偶然、そこに近づいたことで、サラザールはバルガスを盗人と決めつけた……なら、二人が争った近辺を探せば、何かが出てくると思ったんだ。それで調べたら小さな隠し金庫が出てきた。もっとも鍵は簡単に壊せたがね」

「それで出てきたのが手紙一通か。サラザールは命の張り方を間違えたのか？」

だが手紙の宛名はガブリエラだった。そして差出人はミゲル・アンヘル・コルテスその人だ。

「もしかして……その中にガブリエラの秘密が書かれてるってこと？」

「本来ならガブリエラにしか開封する権利はないが緊急事態だ」

ローマは手紙を開封した。

場面は手紙を書くミゲルのカットに移る。

そして手紙の内容はミゲルの声で再生される。

『ガブリエラ。これを君が目にする頃、私は君の前にはいないだろう。開封のタイミングはサラザールに任せてある。三年後か、十年後か、はたまた読まれないか。いずれにせよ、こんなものは私の自己満足に過ぎない。

ところで偽善という言葉がある。私はあれが大嫌いでね。他者に自分の善性をアピールして、大した善はなさない。あれこそ自己満足の極みだ。その点、私がやってきたのはもっと実践的な善行だ。誰からも理解されなくていいから自分のしたい善をなす。たとえ他人から後ろ指を指される結果になってもだ。

手を汚さなければ救えないものがあるのなら、躊躇《ためら》わずにそうしてきた。だが、私はこの身に悪徳を引き受けすぎた。そろそろ限界だ。

敵はもう数えきれないほどに増殖し、私はいつ暗殺されてもおかしくなくなった。法の番人たちだって、私を檻に入れようとしている。そして何より、悪事に手を染めても良心の呵責を感じなくなりつつあることに危機感を覚えている。

だから本物の怪物になってしまう前に、私は私を殺すとするよ。

後の差配はサラザールが上手くやってくれる。更に問題が起きても、解決屋が何とかする筈だ。

私の死後にこの館に招いたのはどれも君の友人になれそうな者たちだ。これをきっかけに君自身の恋を見つけるのもいい。あるいは友情を育むのもいいだろう。

あんなことをしていたせいか、私は家族というものにずっと縁がなかった。そんな私にたった一人できた家族が君だ。この十年、本当に幸せだったよ。

何にせよ、私はお前の未来を愛している』

ガブリエラの部屋。一同はローマによる手紙の朗読を黙って聞いていた。

「……ミゲル・アンヘル・コルテスより。親愛なる我が娘、ガブリエラへ」

手紙を読み上げ終わったローマは、イシドロとアドリアナへ視線を向ける。

「なるほど、君たちは解決屋だったわけか」

イシドロは苦笑してみせる。

「動かぬ証拠を突きつけられた以上は認めましょう。ええ、その通りです。我々の仕事は真実を追究することではなく、厄介事を綺麗に収めることです」

「差し当たってバルガスさんとサラザールさんの死をどう都合良く収めるかという仕事は残っていますが、ガブリエラさんは一命を取り留めましたし、決して大変な任務ではありませんね」

そう言うアドリアナからはおどおどした気配がすっかり消えていた。まるでこれまでが演技だったかのように。

「どいつもこいつもみんな馬鹿よ。勝手に馬鹿やって死んでいって……」

やるせない様子でそう口にしたエリスはガブリエラに視線を向ける。

「でもアンタまでこいつらに付き合って馬鹿になる必要なんてどこにもないじゃない！」

そう言うとガブリエラの傍に寄り、彼女の手を握る。

「だから、早く起きてよ。お願いだから……」

その瞬間、ガブリエラの目が開かれた。

「ガブリエラ？」

ガブリエラは身体を起こして一同を眺めていたが、やがて口を開く。

「……皆様のお話、途中からは全て聞こえてました。私の短慮で大変なご迷惑をおかけしたようですね。本当に申し訳ありませんでした」

頭を下げるガブリエラを見て、みな一様に胸を撫で下ろす。その様子から、最早自殺の心配はなさそうだ。

「それと……」

頭を上げたガブリエラはエリスに微笑みかける。

「心配してくれてありがとう、エリスちゃん」

エリスは顔を赤く染め、絶句していた。

「……解ってるなら、最初からそう呼びなさいよ！」

口では怒っているが、握ったままの手を離そうとはしなかった。その様子を見て、アントニオは感慨深げにこうコメントする。

「やれやれ、淑女にはほど遠いが……今ばかりはその口の悪さも心地がよい」

「あら、エリスちゃんは昔から口は悪いですけど、優しかったですよ」

そう言ったガブリエラに脇で固まっているエリスを無視して、ローマは話しかける。

「君はもう自由だ。肉体的にも、そして精神的にも。これからどうするのか、決めているのかな？」

ガブリエラは躊躇いがちに、しかし大きく首を縦に振った。

「バルガスさんとサラザールの間で哀しいすれ違いがあったようですが……それでもあの人が選んでくれたお友達との縁を大事にして生きていこうと思います」

その返事を聞いてローマは微笑んだ。

「それがいい。僕も心から賛成するよ。きっとお兄さんも喜んでくれる」

「ずっと一人きりだと思ってました。それで勝手に絶望して……とても馬鹿なことをしてしまったと思っています」

「気にするな。誰だって過ちはある」

ガルシアの言葉にガブリエラは肯く。

「でも私のことをこれだけ心配してくれる人たちがいて、そして……真に私のことを考えてくれていた人の存在にようやく気がつくことができました」

そしてガブリエラはここにはいない人物に感謝を述べる。

「……本当にありがとうございます、お父様」

鳴凰荘の女主人の新たな門出に、みな惜しみない盛大な拍手を送った。たった一人、イシドロ・ポジオリを除いて。

深夜。ガブリエラの部屋をノックする者があった。

ガブリエラがドアを開けると、廊下にはイシドロが立っていた。

「イシドロ様……どうされましたか？」

「実は折り入ってお話が。私の胸に秘めておこうとも思ったのですが……」

そのままイシドロは何事かを囁く。ガブリエラは信じられないという表情を浮かべ……部屋から出て、イシドロについていった。

鳴凰荘の奥の薄暗い部屋。キャンバスに向かって一人の老人が立っていた。老人は絵筆を握ってキャンバスに絵の具をのせているが、描くというより、ただ塗りつけているだけのようだ。

その部屋に突然、イシドロとガブリエラが入ってくる。しかし老人はその気配に気づいた様子もなく、ひたすらに絵筆を動かす。

イシドロは何も言わず、明かりを点ける。すると老人の顔が露わになる。それは死んだ筈のミゲル・アンヘル・コルテスであった。

「お父様？」

ガブリエラの呼びかけに、ミゲルはゆっくりと振り向く。だが、その表情はなぜだかひどく曖昧だった。

「おや……どちら様かな？」

その返事にガブリエラはショックを受けたように口元を押さえる。

「あの肖像画も閣下の手によるものだったのに……もう見る影もありませんね」

ミゲルが描いていたのはとても絵と呼べるようなものではない。かろうじて、一組の男女らしいものが立っているということが解るぐらいだ。

「以前から、若年性の認知症の兆候が出ていたのですよ。あなたに対しては必死で隠していたようですがね」

「そんな……」

「やがて閣下はこんな姿を晒すぐらいならと、こうやって自分自身を殺すことに決めたのですよ。自身の葬儀を終え、張り詰めていた糸が切れたのでしょう。これまで薬と気力でどうにか抑えてこられたのが奇跡みたいなものです」

ミゲルはキョトンとした表情で二人の会話を聞いていた。

「すまないね。紅茶を用意させたいところなんだが、私の娘はまだ小さくてね……」

その言葉を聞いてガブリエラは顔を伏せる。

「本来ならサラザールが閣下の面倒を見る手筈になっていました。しかしそれが叶わない場合、閣下を始末するように依頼されてました」

「始末……」

イシドロの言葉の意味するところを理解したガブリエラが目を見開く。

「私としては依頼人の意思は尊重したいのですが……」

次の瞬間、ガブリエラはミゲルをイシドロから守るように立ちはだかる。

「やめて下さい！」

「しかし……良いのですか？」

イシドロの問いにガブリエラは強く肯く。

「どんな状態であっても……この人は私のお父様なんですから」

そしてガブリエラはミゲルに抱きついた。

「お父様。今度こそ……本当の家族になりましょう」


鳴鳳荘の一室。ミゲルはぼんやりと一枚の肖像画を眺めていた。そこにガブリエラがティーセットを携えて現れる。

「お父様、紅茶を淹《い》れましたよ」

「ん？　ああ、ありがとう」

ミゲルは紅茶を無感動に飲む。

「ねえ、お父様。また来週にパーティーがあるんです。お客様もかなり増えてしまいましたが、あの方たちもまた参加してくれるそうです」

「そうかい。私にはよく解らないけど、とてもいいことではないかな」

ミゲルの言葉にガブリエラは顔を伏せる。

「ええ。お父様をお連れできないのが残念ですけど」

悲しみを見せたのはほんの一瞬だった。すぐにガブリエラは笑顔になり、こう言った。

「今夜はお父様の大好きなジビエですよ。親切な猟師さんが獲ってきてくれたので」

「……ふうん、なんだか美味しそうだねえ」

「ええ、本当に美味しいので、楽しみにしていて下さいね」

そう言うとガブリエラは部屋を出ていった。

一人取り残されたミゲルはカップを置き、立ち上がると、肖像画の前に移動する。そして……こんな言葉を漏らした。

「それにしても……我ながら良い絵を描いたものだネ」

エピローグ

カルデアの大図書館。中に足を踏み入れたモリアーティは本棚の前で一人佇むナーサリー・ライムの姿を認めると、彼女に声をかけた。

「やあ」

「あら、おじさま。どこに行っていたの？」

ナーサリー・ライムは約束が果たされなかったことに少しだけ不満そうな表情を見せた。そんな彼女にモリアーティは頭を下げる。

「すまない。特異点の修復作業にかかりっきりだったものでネ。でも、そのお陰でほら」

そう言ってモリアーティはペパーミントグリーン色の本をナーサリー・ライムに差し出す。

「あら、もしかしてそれは……」

「ああ、君の探していた本……だと思う。最終的には君にもとてもお世話になったしネ」

モリアーティのそんな物言いにナーサリー・ライムは首を傾げる。

「……わたし、何もしていないわ？」

モリアーティは肩をすくめる。

「ああ、こちらの話さ。ほら、早速読んでみなさい」

モリアーティがナーサリー・ライムに本を差し出すと、彼女は本を開き、黙々と読み始めた。ページを捲《めく》る手が速いことから、彼女がかなり夢中になって読んでいるのが伝わってくる。

だが数分の後、彼女は突然本を閉じてしまった。

「おや、どうかしたのかな?」

ナーサリー・ライムは不安そうな表情をモリアーティに向ける。

「これはわたしの読んでいたご本とは違うような気がするわ。出てくる子たちや舞台は同じなのに、なんだか違う話を読んでいるよう……」

「そうか……やはり失敗してしまったようだ」

モリアーティは右手で顔を覆って嘆く。

「実はあの本は不幸な事故でバラバラに壊れてしまっていたんだ。それを私たちの方で何とか修復したのだが、具合の悪いことにページ番号がふられていなくてね……なんとか意味が通じるようにページを繋ぎ合わせたのだが、君が読んでいた物語とは全く違うものになってしまったようだ」

自分が本を壊した犯人だと言い出さないあたりがモリアーティらしい。だが、ナーサリー・ライムは真犯人に気がつかない様子でこう応える。

「そうなの？　でも、このお話も楽しいわ」

「それは良かった。嘘でも嬉しいね」

だがナーサリー・ライムは本を開こうとしない。そんな彼女にモリアーティは尋ねる。

「おや……やっぱりそのお話は楽しくなかったかな？」

ナーサリー・ライムは首を小さく横に振る。

「ううん、そんなことはないけれど。このままページを捲れば、本当の結末とは違うものが待っているんでしょう？　それは……とても怖いわ」

震えるナーサリー・ライムを見て、モリアーティはしゃがむと、目線の高さを合わせて静かに肩を叩いた。

「恐れることはないよ。続きを読んでごらん」

「どうして？　本当の結末はどこかに行ってしまったのに？」

「物語の終わりなんて、単に本を最後まで捲ったということに過ぎないのだから。それがもし君にとって不本意な結末なら、忘れてしまえばいい。いや……」

モリアーティはナーサリー・ライムに微笑みかける。

「良かったところまで巻き戻して、そこから想像しなおせばいいんだよ。君にとって素敵な、本当の結末をネ」

『鳴鳳荘殺人事件』、いかがだったかな？

物語というものは語られなかったものの集積体でもあるし、また語り終えるまでは無数の可能性を持っている。つまり一つの結末を選び取る創作者というのは他のあらゆる可能性を摘み取る殺戮者でもあるのだ。

今回だって剪定されてしまった結末はいくつもあった。それらを差し置いてこの結末を選択したことが本当に正しかったのか……それは君自身が判断するしかあるまい。

何、これで終わりかだって？　ああ、終わりだとも。マシュ君や紫式部は満足したのか？　微小特異点は無事に修復されたのか？　……確かに私はその答えを持っているが、そこを語るのはなんだか蛇足のように思えてね。

何より結果をもって、その選択を肯定しようなんて……おこがましいとは思わんかね？

星海社
FICTIONS
マ4-03

FGO《エフジーオー》ミステリー
惑《まど》う鳴鳳荘《めいほうそう》の考察《こうさつ》 鳴鳳荘殺人事件《めいほうそうさつじんじけん》

2019年5月23日　第1刷発行　　定価はカバーに表示してあります

著　者――――円居挽《まどいばん》
©Van Madoy 2019 Printed in Japan

原作・監修――――TYPE-MOON《タイプムーン》
©TYPE-MOON／FGO PROJECT

発行者――――藤崎隆《ふじさきたかし》・太田克史《おおたかつし》

編集担当――――太田克史

編集副担当――――丸茂智晴《まるもともはる》

発行所――――株式会社星海社
〒112-0013 東京都文京区音羽 1-17-14 音羽 YK ビル 4F
TEL 03(6902)1730　FAX 03(6902)1731
https://www.seikaisha.co.jp/

発売元――――株式会社講談社
〒112-8001 東京都文京区音羽2-12-21
販売 03(5395)5817　業務 03(5395)3615

印刷所――――凸版印刷株式会社
製本所――――加藤製本株式会社

ISBN978-4-06-515700-8　N.D.C.913 255P 19cm　Printed in Japan